LOS SABORES DE MI TIERRA: RECETAS Y AÑORANZAS

Tercera antología de Seattle Escribe

2019

Título de la obra: Los sabores de mi tierra: recetas y añoranzas. Tercera antología de Seattle Escribe 2019.

ISBN 9781700224323

Copyright © 2019 by Seattle Escribe

www.seattleescribe.org

Consejo editorial:

- José Luis Montero
- Dalia Maxum
- Ivan F. Gonzalez

Editor: Rita Wirkala

Ilustración de la portada © Blanca Santander. *Compartiendo el pan*, acuarela en papel
www.blancasantander.com

ÍNDICE

Introducción   7
Prólogo   11
Fallo del jurado   17

MARÍA AMPARO AMÉZQUITA GONZÁLEZ
Receta de gorditas de jocoque   23
La cocina de doña Sanjuana   27

FORTUNATO ARREDONDO ARRIOLA
Receta de bistec de liebre   33
Sabor a liebre   35

PATRICIA BAÑUELOS CORRALES
Receta de pepena   41
María, la abuela que no era mi abuela   43

ADRIANA BATAILLE
Receta de tortitas de pollo en salsa verde   51
Martina   53

KEO J. CAPESTANY
Receta de aguja al horno   61
Aguja al horno   63

JULIANA DELGADO RENDÓN
Receta de tamales colombianos   67
Reminiscencias   69

JORGE ENCISO MENESES
Receta de sopes de bistec, frijoles y nopales   75

S.O.P.E.S. (Sustentos Orgánicos Potenciadores
Exquisitamente Suculentos)
79

PATRICIA FERREYRA
Receta de ñoquis del 29   83
Los ñoquis del 29   85

VÍCTOR FUENTES
Receta de sopa de camarón de río   89
Sopa de camarón de río   91

IVAN F. GONZALEZ
Receta de Kam Lu wantán   99
Kam Lu wantán   103

ADOLFO L. GONZÁLEZ M.
Receta de fiambre envuelto en hoja de plátano   109
Fiambre del Día de Reyes   113

CARMELO GONZÁLEZ VÉLEZ
Receta de pan de muerto   119
Amapolas de trigo   121

CLAUDIA ELENA HERNÁNDEZ OCÁDIZ
Receta de ceviche de pescado   125
Déjalos que hablen...   127

BAUDELIO LLAMAS GARCÍA
Receta de cecina   135
Cecina para aporreadillo   137

TERESA LUENGO CID
Receta de paella mixta   143
Paella: mandala de recuerdos   145

JOSÉ LUMORE
Receta de caldillo de papa estilo sonorense   153
Caldillo de papa   157

DALIA MAXUM

Receta para preparar una tlayuda oaxaqueña 165
La tlayuda 167

XIOMARA MELGAR

Receta de pollo en salsa de Navidad 173
Pollo Andrea 177

NADIA MIRANDA NAVAS

Receta de café chorreado 183
La hora del café 185

MARTÍN MUY RIVERA

Receta de calabazas rellenas en salsa de jitomate 191
Calabazas rellenas 193

VIVETTE NOFRIETTA VOTA

Receta de arroz con leche 199
Arroz con leche 201

EDITH OLGUÍN

Receta de barbacoa hidalguense al hoyo estilo Olguín 205
La comida une 209

MACARENA SAUCEDO ZAVALA

Receta de pollo a la naranja 215
¡¡Del plato a la boca... el amor coloca!! 217

AMPARO TORRES BLANDÓN

Receta de sopa de piedras (o queso) 225
Sopa de piedras 227

JULIO CÉSAR TORRES HERNÁNDEZ

Receta de nacatamal nicaragüense 235
Una delicia de mi patria 239

MARÍA M. URBINA FLORES

Receta de sopa de capirotadas hondureña 245
Recuerdo nostálgico de tu sopa de capirotada 247

FRESIA LIBERTAD VALDIVIA GÁLVEZ
Receta de papa a la huancaína 251
La reina de las papitas 253

YOLOXÓCHITL VIDAL GUZMÁN
Receta de tamales de mole de epazote 257
Doña Casi 259

MARCOS WANLESS
Receta de pozole rojo 265
Potsolati temiktli (pozole venenoso) 267

Agradecimientos 273
Acerca del jurado 277
Acerca de la ilustradora 279
Acerca de la editora 281
Acerca de Seattle Escribe 283

Otras antologías de Seattle Escribe 285

INTRODUCCIÓN

Este año celebramos el tercer aniversario de nuestra antología literaria y el quinto de la fundación de nuestra organización. Seattle Escribe es el grupo más grande de escritores hispanohablantes en el noroeste de los Estados Unidos y nuestra misión es fomentar la literatura en español en esta región. Es por ello que uno de nuestros más grandes logros este año ha sido la convocatoria para participar en nuestro tercer certamen literario, abierta a todos los escritores en el estado de Washington, a partir de la cual hemos seleccionado veintinueve escritos para publicar en estas páginas.

La primera antología, *Puentes*, hizo un llamado solidario a expresar, a través de nuestro arte, las vicisitudes que conlleva el cruzar aquellas fronteras que nos separan de ese «otro lado», fuente inagotable de sentimientos encontrados. La segunda, *El juego de la lotería*, fue un llamado a jugar con las palabras de la misma manera que disfrutamos jugando con las cartas de la lotería mexicana. Para esta tercera antología, hemos hecho un llamado a ahondar en una de las fuentes de identidad más arraigadas en nuestra cultura: la tradición culinaria.

Una de las dichas más grandes que perdemos al mudarnos a otro país es la de seguir disfrutando los sabores que nos acompañaron desde nuestra infancia. La comida es algo muy importante para todos los

7

seres humanos: no solamente consumimos alimentos para sobrevivir, sino que su riqueza y variedad hacen que formen parte de nuestro acervo cultural y tradiciones. Cada región, cada pueblo, posee condiciones geográficas, climatológicas y culturales que hacen de su cocina una experiencia profundamente individual.

Existe un vínculo innegable entre la emoción y la alimentación: colores, olores y sabores nos traen recuerdos y añoranzas, sentimientos indescriptibles que afloran tras un primer bocado. Esta nostalgia, esta tristeza originada por el recuerdo de una dicha que ya no está, es lo que hemos querido capturar en nuestra nueva antología que hemos titulado *Los sabores de mi tierra: recetas y añoranzas.*

Cada obra que aquí se presenta está inspirada por un platillo en particular, cuya receta a la vez se incluye como testimonio de una realidad furtiva que intentamos recuperar a través de este ejercicio. Esta metáfora del libro-recetario, donde la gastronomía y las letras van de la mano, ha servido como inspiración a innumerables obras a lo largo de la historia de la literatura, gigantes bajo cuya sombra ahora caminamos y cuyo espíritu nos acompaña en este recorrido tan especial.

Tras la publicación de la convocatoria a este concurso, recibimos poemas y relatos, con sus respectivas recetas, firmados con seudónimo y acompañados por una plica con los datos personales de cada autor. Las obras anonimizadas, mas no las recetas, fueron enviadas a un jurado externo, conformado este año por la Dra. Josefa Báez Ramos y el Dr. Guillermo Sheridan, para ser evaluadas en una escala numérica. Cuando las notas estuvieron listas, el comité editorial simplemente las promedió para determinar, por estricto orden de calificaciones, a los ganadores y acreedores a menciones honoríficas. Finalmente, se abrieron las plicas para conocer los nombres de los ganadores y, en concordancia con las reglas de la convocatoria que estipulan que los miembros de la mesa directiva no pueden ser acreedores a premios, se eliminaron de esta lista de ganadores a dichos miembros, sustituyéndolos por el siguiente autor con mayor puntaje.

Bajo el jurado también recayó la difícil tarea de balancear la necesidad de presentar una radiografía de la producción literaria en español de nuestro estado de Washington y, al mismo tiempo, presentar las mejores obras posibles de un concurso que, por su naturaleza, abarca escritores heterogéneos, provenientes de la gran mayoría de los países hispanoamericanos, en etapas muy distintas de su formación literaria.

Debido a esto, desafortunadamente no se han podido incluir todos los textos enviados en nuestra antología, no por falta de papel ni de entusiasmo, sino por respeto al proceso de evaluación de los jurados, cada cual con un sentido de la estética particular e independiente. Por eso pedimos a los concursantes que no fueron publicados este año que no se desanimen y lo intenten de nuevo. La antología cada año mejora y esto es gracias al entusiasmo y apoyo de los escritores del estado de Washington que amamos la literatura en español y que la leemos, la escribimos y, a partir de esta antología, la «degustamos» también todos los días.

Nuestra comunidad está ávida de modelos que nos impulsen y promuevan nuestra lengua y nuestras raíces. En nuestras antologías se pueden encontrar una diversidad de voces, nacionalidades, géneros y expresiones artísticas enlazadas por los deseos en común de contar una historia personal, transmitir una emoción y dejar un legado para las futuras generaciones.

Al lector de este libro, le agradecemos su confianza y apoyo al adquirirlo, ya que esto nos permite continuar con nuestra misión. Hemos preparado un menú variado que hace escala en las cocinas de un sinnúmero de regiones a lo largo y ancho de nuestra bella Hispanoamérica. Estamos de manteles largos: tenemos servidos platos dulces y algunos salados, o amargos incluso, pero todos escritos con mucho cariño para ustedes.

Bienvenidos a este suculento banquete y, sobre todo, ¡buen provecho!

—Comité Editorial

PRÓLOGO

Literatura compartida, con pan y tortillas

ompañero es aquel que acompaña. La palabra viene del término *compaño* y este a su vez del latín *compania*, que es una combinación de los vocablos *com* (con) y *panis* (pan). Es decir, etimológicamente la palabra *compañero* significa «el que comparte el pan». Esto no es ninguna casualidad. En la mayoría de las culturas, no existe acto más íntimo, más profundo, que el de compartir el pan con nuestros semejantes.

Compartir el pan es un acto de amor, de fraternidad. Alimentar a alguien es una manera de demostrar afecto. Este concepto lo aprendemos desde el nacimiento: esa misma madre que nos protege es la que nos alimenta. Protección y subsistencia se funden en un mismo cuerpo. Una madre cuando amamanta no solo nutre, sino que se da a sí misma. Es por ello que no existe vínculo más estrecho, comunión más perfecta, que el que una madre tiene con su retoño. No es casualidad que la palabra «mamá» sea casi siempre nuestro debut al mundo del lenguaje.

Es interesante cómo nuestra cultura toma un concepto como el de la alimentación y lo transforma, a través del lenguaje, en un símbolo de amor y fraternidad. Tenemos tantas expresiones lingüísticas basadas de una u otra forma en conceptos relacionados con la comida, que es innegable que lengua y alimentación conforman un binomio bastante arraigado en nuestra cultura. Es así que como resultado «hacemos buenas migas»; algo nos resulta «pan comido»; le «damos la vuelta a la tortilla»; nos «importa un comino»; agarramos a alguien con «las manos en la masa»; tenemos «la sartén por el mango», y vemos a alguien «hasta en la sopa». Cada una de estas expresiones implica en sí misma una historia, y con esto empezamos a entrar en el terreno de la literatura.

La literatura y la alimentación han sido compañeras a lo largo de la historia y como tal comparten muchas cosas.

Se dice que el arte de contar historias surgió como un mecanismo de defensa para la supervivencia de la especie. Es a través de estas historias que nuestros ancestros comunicaban no solo los peligros inminentes al resto de la tribu, sino también impartían sus conocimientos a través de anécdotas y metáforas, asegurándose de que el acervo intelectual colectivo se transmitiera e incrementara con el paso del tiempo.

Los alimentos también están intrínsecamente ligados a la supervivencia. Todas las especies dedican una gran cantidad de su tiempo y sus recursos a una búsqueda permanente de insumos para asegurar su subsistencia personal y la perpetuidad de la especie.

En algún momento, nuestra necesidad de contar historias pasó de ser un recurso meramente utilitario a uno que proporciona entretenimiento. El evocar situaciones y emociones ajenas permitió experimentar otras vidas, otros mundos, y fantasear sobre lo que podría ser. Como casi todo quehacer humano, el salto de la función práctica a la función estética eventualmente sucedió, y tras de muchos años de perfeccionamiento, aquí estamos, tratando de contar nuestras propias historias, aspirando a lograr un poco de inmortalidad a través de nuestro legado escrito.

El ser humano es quizás el único animal que, además de buscar algo nutritivo para llenar su hueco en el estómago, se preocupa por cómo ese alimento será preparado, combinado y sazonado, e incluso qué aspecto deberá presentar para que sea apetitoso. El sabor se ha convertido en más que un indicador para identificar si un alimento es comestible: es también una fuente de placer. Nuestra alimentación ha llegado a tal grado de sofisticación que hemos hecho de ella un arte que apela a todos los sentidos, no solo el gusto. Esta vocación artística, esta preocupación por generar una belleza percibida a través distintas sensaciones, es algo que la gastronomía comparte con la literatura.

Otro elemento que comparten la literatura y la gastronomía es la vocación por expresar la individualidad.

El acto de escribir es un peregrinaje hacia el centro del yo. La escritura, para que de verdad valga, debe tener algo personal, algo íntimo, algo que solo cada escritor, como individuo, puede aportar. Porque la manera en que cada ser humano expresa lo que siente es distinta ante las mismas circunstancias: no hay dos personas que amen u odien del mismo modo, ni dos personas que rían o lloren exactamente igual. La escritura es una expresión artística altamente individual debido a que la esencia de cada ser humano es el resultado de una expresión personal, única e irrepetible. Lo mismo pasa con la gastronomía.

La cocina es una expresión individual del ser humano. Hay quienes prefieren cocinar con ciertas especias, mientras que otros detestan esos ingredientes. En esto consiste ese «sazón» del que tanto hablan los textos aquí reunidos, un concepto que tiene que ver con los gustos y decisiones personales de cada cocinero.

Los escritores también tienen su «sazón». Es algo que llamamos estilo literario. Hay escritores que prefieren el lenguaje simple y llano, mientras que otros se regocijan generando construcciones lingüísticas complejas y extensas. En gustos se rompen géneros y la belleza de la literatura es que cada escritor tiene un estilo único ligado a una manera peculiar de ver y entender el mundo. Gracias a esto, es imposible que dos obras que compartan el mismo argumento den como consecuencia el mismo resultado.

Muchos creen que un buen escritor es solo aquel que logra construir una trama original. El concepto del artista y la originalidad es quizás uno de los mitos más arraigados que existe en nuestra cultura. Por eso muchos escritores viven temerosos de que alguien pueda «copiarles sus ideas». Lo mismo sucede con muchos cocineros que se niegan a compartir sus recetas, creyendo que al hacerlo develarán sus secretos. Realmente estamos ante temores infundados.

Es prácticamente imposible que dos cocineros tengan exactamente el mismo sazón. Por eso, aunque tengamos en nuestra posesión esa «receta secreta», nuestros platillos nunca sabrán exactamente igual que los de nuestras madres o abuelas. Eso no tiene nada de malo. Al contrario, significa que hemos llegado a lograr un sazón único que nuestros hijos y nietos en algún momento añorarán de la misma manera que nosotros añoramos la cocina de nuestros ancestros.

De la misma manera, el creer que un texto solo vale por la originalidad de su trama es equivalente a creer que solamente los platillos más estrambóticos e insólitos son los que valen la pena consumir. Nada más lejos de la realidad. Prueba de ello es que ninguno de los escritores que participan en esta antología se decantó por escribir acerca de su experiencia en un *restaurante gourmet*. La trama en una historia es algo muy importante, pero en realidad la razón por la cual disfrutamos de una obra no es tanto por lo que se nos está contando, sino por cómo se está contando. Es en el *cómo* y no en el *qué*, tanto en la escritura como en la cocina, donde realmente brilla la chispa de la individualidad.

Esta individualidad es patente en cada uno de los textos de esta antología. Este libro está lleno de historias de infancia, historias que sucedieron durante nuestros años formativos, cuando esos sabores que tanto añoramos quedaron grabados en nuestras mentes. Estas nostalgias individuales exploran un pasado colectivo que décadas atrás nos condicionó y nos convirtió en estos seres únicos que ahora somos como resultado.

Son tantas y tan diversas las expresiones de creatividad aquí reunidas, que es difícil agruparlas bajo un mismo manto. Tenemos una gran diversidad de recetas provenientes de países y culturas a lo largo y ancho de Latinoamérica y España. Cada una de estas ha inspirado una emoción única en nuestros participantes. Sí, son todos recuerdos y añoranzas, pero cada escritor los siente y los cuenta muy a su manera.

Esta diversidad es un reflejo de la diversidad de nuestra comunidad hispanohablante en el noroeste de los Estados Unidos. Nos llaman a todos «Latinos» sin importar nuestro país de origen, y aunque tenemos el idioma español en común, tenemos también una gran diversidad de costumbres y tradiciones que vale la pena preservar. Porque esta riqueza más que diferenciarnos nos hace compañeros, nos hermana.

Este compañerismo, este acto de «compartir el pan», de manera literal y metafórica, es lo que hemos querido fomentar con nuestra antología. Ojalá que estas recetas y añoranzas los invadan tanto de emociones como lo hicieron con nosotros.

—Comité Editorial

FALLO DEL JURADO

El día 19 de septiembre de 2019, el jurado, integrado por la Dra. Josefa Báez Ramos y el Dr. Guillermo Sheridan, dictaminó que la obra *Martina*, presentada por Adriana Bataille con el seudónimo *Zhury*, fue acreedora al primer lugar en la categoría de relato en este concurso.

Asimismo, el jurado dictaminó a través de su puntaje que las siguientes obras son acreedoras a las cinco menciones honoríficas, sin distinción de género literario:

- *Sabor a liebre*, de Fortunato Arredondo Arriola, presentada bajo el seudónimo *Fernando Arreola*, que fue sustituido por el seudónimo *Fierro* antes de enviarlo a los jueces;
- *La cocina de doña Sanjuana*, de María Amparo Amézquita González, presentada bajo el seudónimo *La lamparita*;
- *Fiambre del Día de Reyes*, de Adolfo L. González M., presentada bajo el seudónimo *Intrépido*;
- *María, la abuela que no era mi abuela*, de Patricia Bañuelos Corrales, presentada bajo el seudónimo *Constanza*;
- *Paella: mandala de recuerdos*, de Teresa Luengo Cid, presentada bajo el seudónimo *Colibrí*, que fue sustituido por el seudónimo *Petirrojo* antes de enviarlo a los jueces.

Por decisión unánime, el jurado declaró desierto este año el primer lugar en la categoría de poesía.

LOS SABORES DE MI TIERRA: RECETAS Y AÑORANZAS

Tercera antología de Seattle Escribe

2019

MARÍA AMPARO AMÉZQUITA GONZÁLEZ

León, México

MENCIÓN HONORÍFICA

RECETA DE GORDITAS DE JOCOQUE

INGREDIENTES

- 3 ½ kg de masa de nixtamal
- 1 litro de jocoque de dos días (de leche bronca, sin pasteurizar)
- 2 cucharadas de sal (o al gusto)
- 1 cucharada de polvo para hornear
- 1 paquete de manteca para freír
- ½ taza de harina

UTENSILIOS

- un aguamanil para batir [1]
- una sartén onda y amplia
- una *fichela* o espátula
- una servilleta de manta limpia y húmeda (exprimida)
- un contenedor para colocar las gorditas, paradas, a escurrir

PREPARACIÓN

1. En el aguamanil, comenzar a amasar la masa de nixtamal agregando poco a poco el jocoque. Ambos ingredientes deberán estar a temperatura ambiente. Incluir al mismo ritmo la harina, el polvo para hornear y la sal.
2. Una vez que la masa esté homogeneizada, que no se sientan bolitas, comenzaremos a amasar con un ritmo más rápido. Para entonces, la masa será suave, pero sin cuerpo. Queremos llegar al punto donde se puedan hacer movimientos envolventes con ambas manos alternadas y la masa se doble.
3. Sin dejar de batir, cambiaremos a movimientos rítmicos con ambas manos imitando el restregar de la ropa en un lavadero. A estas alturas la masa no debe estar adherida a las manos ni al contenedor. Así estaremos listos para empezar a escuchar cuando la masa nos sople. Sí, la masa se tornará elástica y habrá un sonido de *puff* cada vez que la doblemos.
4. Casi habremos llegado a nuestro objetivo cuando logramos tener este soplido de la masa por unas 10 o 15 veces seguidas. Cuando esto suceda integraremos la masa en una sola bola y la dejaremos reposar dentro del aguamanil cubierta con una manta húmeda.
5. Mientras la masa reposa, en la sartén se derrite manteca suficiente para que las gorditas, que se harán del tamaño de la palma de la mano, naden a la hora de ser freídas.
6. Las gorditas se forman torteando un puño de masa formando un círculo imperfecto y de aproximadamente medio centímetro de gruesas que se pone, gentilmente, en la manteca caliente inmediatamente después de ser formadas.
7. Estarán cocidas cuando la superficie de masa de la gordita esté dorada, dé un color amarillo y la podamos voltear sin que se doble o se rompa.
8. Una a una, se retiran del sartén y se alinean verticalmente sobre un papel absorbente para que se escurra el exceso de grasa.

9. Se dejan enfriar un poco y pueden rellenarse de cualquier guiso.

---

1. No se debe batir en un bol, pues el contenedor para batir debe ser bajo y amplio. Cuando menos debe medir un antebrazo de ancho, incluyendo el puño. Los aguamaniles se pueden encontrar en las tiendas chinas y son comúnmente de plástico.

LA COCINA DE DOÑA SANJUANA

María Amparo Amézquita González

Me palmea la espalda como si fuera su igual. Además de estar de intrusa en mi cocina, no deja de hacer preguntas sobre cómo preparé ese guacamole del mismito color que sus ojazos, muy probablemente la razón principal por la que mi hijo se enamoró de ella. Ella es Sídney, «la de los ojos color guacamole y el pelo enchilado».

Ella me recuerda cuando yo misma llegué de trabajar un día y le palmeé sutilmente la espalda a doña Sanjuana. Aún puedo oler aquel aroma a caldo de pollo que casi invariablemente reinaba en la trabuca cocinita. Se movía como un colibrí, de rama en rama, poniendo su pico en el centro de las flores.

Los comales y sartenes calientes contrastaban con la enorme olla de barro que mantenía fresca el agua destilada lista para tomar que, gota a gota y desde aquel antiquísimo artefacto de piedra en forma de embudo, la filtraba rítmicamente hasta dejarla caer en la boca de la olla.

Añadía espectacularidad lo amontonado de aquel espacio y, aunque mi esposo desde hacía ya una década le había instalado una estufa de gas moderna, refrigerador y un fregadero con agua fría y caliente, no permitió que le quitara su fogón ni su mesita de amasar. Esa barra de la cocineta integral no era de la altura apropiada para el molcajete. Ella prefería su mesa de patas flexibles, con el incomparable rechinido que hacía el mecate que sostenía las patas por si cedían los clavos.

Así era aquella cocina. Como el altar de una catedral, con techos de bóveda dorados por lo amarillento del cochambre provocado por los innumerables refritos y vaporosas sopas. Como a modo de ofrendas, ensartas de chiles secos y guías de ajos trenzados colgaban en la pared. Por otro lado, las veladoras iluminaban el altar dedicado a los santos más poderosos que, también cubiertos por aquel tono ámbar, tornaban místico el ambiente, especialmente cuando salía humo de aquella figurita jorobada y con rebozo que siempre sostenía un cigarro sin filtro entre los dedos.

Doña Sanjuana nunca decía en qué consistían sus guisos. Era viuda desde muy joven con cinco hijos varones que no pisaban aquel recinto sagrado reservado para mujeres abnegadas, solo para las que cocinar es una vocación y no un sacrificio. «Que mi comida les guste a mis hijos es mi mayor felicidad».

Aquel día no fue diferente. Ahí en su altar, como diosa, con toda la paciencia, pelando papitas cocidas, la subí al pedestal al preguntarle: «¿Qué está preparando? ¿Quiere que le ayude? ¿Qué les va a poner? ¿Las va a apachurrar?». Me vio y después de chuparle al cigarro, darle el golpe y soltar el humo, me contestó con una pregunta: «¿Quieres aprender a cocinar como yo?».

Después se ajustó el rebozo y afinando su mirada detrás de sus anteojos me hizo una revisión. Ella sabía que era especial y también sabía que yo se lo reconocía. Aun cuando mi madre me enseñó a cocinar, nunca fue con la intensidad de la que ella era capaz. Según ella, sus hijos no podían heredar este don, eran conocimientos reservados para las féminas. Continuó diciéndome, con su voz grave, rasposa y casi varonil: «De mis cinco nueras, tú eres la única que no cree que mi cocina es indigna porque sigo cocinando con leña».

Nada me había preparado para entender que aquel espacio era verdaderamente una cápsula detenida en el tiempo y lo único que se me ocurrió contestar fue: «¿Sí, me enseña?». Pero la verdad era que yo en aquel momento pensaba que aquella cocina necesitaba urgentemente una *charoleada*.

Cómo no aprender a cocinar con ella si todo lo que salía de su santuario sabía delicioso, perfecto, superlativamente excepcional, un sabor a suavizante ardor mexicano, saciante de paladares bravos, labios valientes y poros dilatados. Cocina mexicana ranchera.

Y así pasaron mis tardes, cuando embarazada de mi primer hijo dejé de trabajar y, entre hierbas de olor, recaudos, sofritos, acitrones y chiles tostados, me enseñaba a cocinar para su hijo, su niño chiquito, con el que yo me había casado. Aquella cátedra que recibí era de memoria, nunca tuve la oportunidad de escribir nada. Para ella las recetas no tenían sentido: o sabías o no sabías en qué momento poner o quitar del fuego, en qué punto agregar el agua, dejar reposar o batir, y hasta escuchar el *puf puf* de la masa de mi receta favorita, las gorditas de jocoque. Era una escuela sensorial: oído, vista, olor, sabor y tacto. No me aleccionaba, me ponía el ejemplo. En su inocencia de anciana, la sabiduría le brotaba. Yo sería su sucesora, la que cargaría con semejante tarea. Fui la elegida por la catedrática, un honor hasta el día de hoy.

Me hablaba de los diferentes colores de maduración del jitomate, que si la salsa sería ácida o dulce, que entre más pequeño y delgado es el chile más picoso, y que cuanto más oscuro es el rojo del chile seco, más dulce será el mole; me decía cómo darles el punto a las sopas sin sobrecocerlas, cómo resistir y no dejar de batir hasta obtener la textura deseada en las masas y las claras de huevo para capear.

La suerte de estar frente a la mejor cocina del mundo, de la que no se habla en libros, para la que no hay recetas ni porciones, solo puños y tanteos, con pizcas de esto y un pilón de lo otro, con carne de la que hubo y lo poquito que sobró de ayer, me transfirió la esencia de una cocina de antaño. Lo que se prepara con calma y cariño siempre sabrá mejor. Y siempre en el nombre del padre, del hijo y del espíritu santo, con la señal de la cruz sobre la cazuela será para nuestro buen provecho y nada será dañino.

Lo que genera estar entre lo exuberante de un picoso chorizo en salsa verde, papitas guisadas con queso de chiva, rajas con crema, jocoque con cecina y chile molcajeteado, gorditas de maíz quebrado, y entonces, el postre, lo calientito de un arroz con leche con sabor a canela escandalosa, salpicado con piñones rosas, una cristalina y sinvergüenza conserva de chilacayote con semillas de carbón. El probarlo es besar lo sagrado y lo mundano al mismo tiempo.

Es místico hacer que los alimentos invadan todos los sentidos, el cuerpo y la sangre de la madre naturaleza en comunión. Creo que mucho tenía que ver el altar de los santos después de todo.

Qué más opción me queda que enseñarle a la pelirroja de Sídney lo poco que aprendí de doña Sanjuana. Ultimadamente, es la única que se atreve a husmear en mis guisos y mi hijo está enamorado de ella.

FORTUNATO ARREDONDO ARRIOLA

Cosalá, México

MENCIÓN HONORÍFICA

RECETA DE BISTEC DE LIEBRE

INGREDIENTES (PARA 4 RACIONES)

- 1 liebre de 1 1/2 kg
- vinagre
- 1 cebolla
- 1/2 cabeza de ajo
- 1 chile serrano
- 1 cucharada de aceite
- 1 zanahoria
- 3 tomates roma
- 1 ramita de cilantro
- 1 hoja de laurel
- pimienta negra molida
- 30 gr de sal

PREPARACIÓN

1. Pelar la liebre, procurando recoger la sangre en un plato.

Mezclar esta última con un poco de vinagre para que no coagule y guardarla junto con el corazón y el hígado.

2. Dividir la liebre en cuatro partes y ponerla a cocer a fuego lento en tres litros de agua y una taza de vinagre. Dejarla hirviendo por 15 minutos.

3. Sacar las piezas de liebre y dejarlas enfriar a temperatura ambiente.

4. Separar la carne de los huesos, tirar los huesos a la basura.

5. Poner una cazuela mediana en la lumbre con las verduras cortadas en tamaño mediano y esparcirle encima los condimentos. Poner a fuego lento por 15 minutos.

6. Agregar la carne de liebre en la cazuela una vez que las verduras y el resto de los ingredientes estén hirviendo. Continuar la cocción por otros 20 minutos, siempre a fuego lento.

7. Servir al gusto. Se sugiere acompañar con frijoles refritos y tortillas de maíz calientes.

SABOR A LIEBRE

Fortunato Arredondo Arriola

Allá viene Yolanda, bajando la loma con sus pies descalzos por esa vereda que nos lleva al río. Con el sol que le frunce el ceño y le tuesta la piel de su rostro bello. Cargando morrales de palma tramada, Yolanda no corre, pero se apura a llevarle comida a su padre Macario García y a sus hermanos Martín y Emilio. Nomás cruzar el río, Yolanda se sienta en una roca del tamaño de un balón, pero con forma de calabaza segualca, debajo de una guásima de copa chueca y brazos que barren el suelo al compás del viento, casi como siempre, con la lengua de fuera. Bajo la sombra caliente, sentada en la piedra, estira las piernas y respira profundo por unos minutos. El espejo maleable del agua resbala siguiendo su cauce. Yolanda divaga de muchas maneras oyendo el barullo del río, sin parpadear siquiera, mirando las aguas que mueven la arena, hasta que el pulso le vuelve a la calma. Respira profundo, arroja tres piedras al fondo del agua, al lado más hondo del río que brama, ahí donde hace charco el agua y los bagres se revuelven con las tilapias.

«¿De dónde vendrá tanta agua que nunca se acaba? ¿Por qué no se ahogan los peces que nadan al fondo del río?». Yolanda se hace preguntas absurdas que no se responde, pues es una bruta: nunca fue a la escuela, no sabe de libros, de lápiz, ni de plumas.

Se hincó en la arena y se agacho hasta el suelo. Casi como un perro, pero sin sacar la lengua, se chupó unos tragos gordos del agua más mansa, esa que está por la orilla y que se mueve muy lenta; con las dos manos juntas formó una cuenca para recoger agua y empaparse la mollera. Se sacudió las rodillas, se colgó los morrales y subió la loma con sus pies descalzos, canturreando la rola que a cada rato el radio repite y que dice:

En lo alto de la abrupta serranía,
acampado se encontraba un regimiento,
Y una moza que valiente lo seguía,
locamente enamorada de un sargento.

Y así, sin aflojar el paso, Yolanda se aventaba todo el corrido de *La Adelita* por catorce veces y media antes de llegar a la labor de su padre, donde hambrientos la esperaban sus hermanos con ojos hundidos, machetes en mano y pantalones *rompidos*.

Con el sol caliente y sudor en la frente, Macario García se aferra al arado que jalan los bueyes. Surcando la tierra de sur a norte, sin contar las vueltas, clava su mirada en un cerro lejano formando una línea imaginaria que roza las orejas del ganado, trazando así los surcos más rectos que se ven por el condado.

La espuma que escurren por los hocicos de esas bestias tristes es solo el principio, la tarea apenas empieza. Las prisas son grandes. El tiempo se viene y nadie lo detiene. «¡Arre!, ¡arre!, ¡arre!», le grita Macario García a sus bueyes pardos para que no paren y saquen al menos veintiocho besanas y una docena de surcos antes de que el sol se meta. Antes de que llegue la lluvia, se ocupa la tierra sembrada. Puro maíz blanco para las tortillas es la tirada. Si el tiempo alcanza, frijol y calabazas por las orillas para compartir con la raza y retacar las hornillas. Así que los niños Martín y Emilio, con sus manitas calludas, ayudan al jefe cortando los montes, moviendo el machete, haciendo montones de ramas inertes, y quemándolo todo para agrandar el área de tierra fértil.

Con la camisa empapada en sudor, y la vista nublada de tanto calor, Macario García divisa a lo lejos a Yolanda que viene con su camisa cuadrada y su sombrero de palma. Los niños no paran de ondear sus machetes, más maña que fuerza, la panza vacía, los dientes de leche, maduros al golpe, al rayo del sol, y pocos juguetes.

Sentados bajo la sombra del árbol de siempre, los cuatro formaron un cuadro y se dispusieron a deleitar la suculenta comida caliente.

—A comer se ha dicho —dijo Yolanda.

—Yo tengo mucha hambre —susurro Martín.

—Yo más —respondió Emilio.

—Tomen agua primero —ordenó Macario García.

—El agua del bule está caliente —replicó Emilio.

—Aunque sea un poco, pero tomen agua primero —insistió el hombre.

Mientras Macario García abría un morral, Yolanda abrió el otro.

—Qué rico huele —dijo Martín.

—Es bistec de liebre —dijo Yolanda.

—¡Guácala, las liebres viven en los panteones, y dicen que comen muertos! —exclamó Emilio.

—Cierra la boca y ponte a comer; no empieces con tus argüendes de siempre, escucha a tu padre, e ignora patrañas que dice la gente —dijo el papá, algo molesto.

Al empezar a comer, todos con hambre de perro, Macario García sintió que masticó un hueso. Al instante escupió el bocado, agarró la bandeja donde estaba el bistec de liebre, y la aventó contra el suelo rocoso.

—¿Te enchilaste, papá? —preguntó Martín.

Yolanda guardó silencio y cruzó las manos mientras le gruñían las tripas.

—¿Y ahora qué vamos a comer? —preguntó Emilio mientras se limpiaba los mocos con la lengua.

—¡Vamos a comer mierda! —gritó Macario García—. ¿Qué no ven que su madre no limpia bien la liebre y se le vinieron huesos en el bistec? Siempre es lo mismo con ella, pero va a ver cuando llegue a la casa; la voy a hacer que se la trague con todo y plato. Porque no es la primera vez que me da miserias. Cuando no es un pelo, son moscas o cucarachas, y ahora un pinche hueso. Si no fuera por ustedes, chamacos, ahora mismo la dejo y me largo lejos.

—¡¿Le vas a pegar!? —preguntó Martín.

—¿Tú crees que sea un hueso de muerto? —preguntó Emilio.

—¿Las liebres no comen muertos? —dijo Yolanda.

—Sí, comen —insistió Martín.

Macario García no tuvo más palabras para alegar con su prole. Después de un silencio largo y absoluto, se limpió el sudor de la cara con el mismo desteñido paño rojo, se guardó el paño en la bolsa trasera del lado izquierdo de su pantalón blanco, hecho de unos retazos de manta blanca sacados de unas talegas de azúcar morena de caña verde, y se acercó a Yolanda. La tomó con fuerza de su frágil brazo, le clavó la mirada y le preguntó recio, en un tono de capitán militar: «¿¡Fuiste tú la que guisó esta liebre!?». Yolanda no respondió nada con palabras, pero el corazón le palpitó peor que si fuera subiendo a la punta del cerro del cubilete. Se le humedecieron los ojos, se le pusieron rojos, y tragó saliva para no llorar. En silencio, Macario la soltó despacio y caminó tres pasos, se puso en cuclillas y juntó del suelo los pedazos de liebre sabrosa y sucia, sucia por un arrebato. Les sopló con fuerza para quitar la tierra, masticó tres tacos de bistec de liebre, y se los tragó sin sacar la lengua.

Esas liebres orejudas que mi Macario cazaba y que con tanta pasión yo cocí, a fuego lento por supuesto, después las desmenucé pa separarle la carne y tirar hasta el último hueso.

Sus tortillas calientes de maíz y a mano, yo se las hacía, aunque fuera invierno, otoño, o verano. Y no es porque yo lo diga, pero conmigo nunca le faltó hembra a mi querido Macario, y pa prueba ahí están mis huercos que a veces tuvimos hasta de a dos por año.

Y así me pasé la vida, saciando esos y otros deseos de ese mi hombre, hasta que lo sorprendió la huesuda y se lo llevó pa siempre.

Macario se fue y nosotros abandonamos mi tierra, la sierra de Salamanca. Y así también abandonamos sus frases que no suenan, sino retumban en mis tímpanos de mujer; de mujer de casa que no se cansa, pero que sueña con cosas simples, que desea sea cierta esa misión imposible de romper el hielo y pensar pensamientos libres.

PATRICIA BAÑUELOS CORRALES

Guadalajara, México

MENCIÓN HONORÍFICA

RECETA DE PEPENA

La pepena es un platillo típico del occidente de México. Las variantes en su preparación son muchas, ya que no todos los ingredientes son del gusto de los comensales, por lo que se puede seleccionar el tipo de vísceras que se quieren incluir (todas de res), y si hay alguna que no le guste o que no encuentre fácilmente, solo se elimina de la lista y no causa mayor alteración en la receta.

Recuerde que el lavado es muy importante, así que habrá que hacerlo con mucho cuidado. En el caso de las tripas, la cantidad se reduce mucho con la cocción y es mucho más fácil partir en trozos pequeños una vez cocida.

En esta receta la salsa sugerida es verde, pero también la puede cambiar por el tipo de salsa que prefiera, incluso puede mantenerla por separado del guiso y agregarla al gusto de manera individual.

INGREDIENTES (3 A 4 PORCIONES)

- 3 kg de tripa
- 1 corazón

- ½ kg de hígado
- 1 diente de ajo
- 3 hojas de laurel
- 1 cebolla mediana fileteada
- aceite, el necesario
- sal al gusto
- ¾ de kg de tomatillo
- chile de árbol al gusto
- 3 dientes de ajo
- cilantro finamente picado
- cebolla picada en cuadros

PREPARACIÓN

1. Se cuecen las tripas y el corazón con un diente de ajo, las hojas de laurel y un pedazo de cebolla. Cuando esté cocida la carne, se agrega la sal y se deja sazonar por 15 minutos. Se retira la carne del caldo y se pica en tiras de 2 cm aproximadamente.
2. Las tripas y el corazón se fríen en aceite caliente hasta que doren al gusto. Una indicación para saber el momento en que la carne está bien dorada es que comienza a salir un poco de espuma. En este punto se agrega la cebolla fileteada y si decidió incluir hígado en el guiso, también. Se le quita el exceso de grasa.
3. Se cuecen los tomatillos y los chiles de árbol en un poco de agua.
4. Se muelen los tomates y el chile de árbol con un poco de caldo desgrasado y tres dientes de ajo.
5. Se vierte esta salsa sobre la carne, cuidando que el guiso no quede aguado, sino más bien ligeramente espeso.
6. Se rectifica la sal, se tapa y se deja hervir por 10 minutos.
7. Se adorna con cilantro y cebolla picados. La pepena se come caliente y se puede acompañar con frijoles aguados y tortillas de maíz.

MARÍA, LA ABUELA QUE NO ERA MI ABUELA

Patricia Bañuelos Corrales

La tripa añora, tiene memoria, posee un poder de amarre de largo alcance. La tripa llama y el alma es incapaz de hacerse la que no oye. Hasta donde tengo entendido, el sobrante del nudo de mi ombligo no está enterrado en ninguna parte; si no fue a dar a la basura, tal vez sigue tieso e inerte dentro de la caja de puros en donde mamá guarda sus tesoros, sin más cerrojo que un remedo de moño rosa descolorido. Si hoy decidiera sepultar el ducto visceral de mi primer alimento, invocando para ello un conjuro místico que me invite a regresar, lo enterraría sin duda en el corral, entre las raíces del ciruelo de la casa de María, la abuela que no era mi abuela.

Los veranos y casi todas las vacaciones de primavera, durante mi infancia y adolescencia, las pasé en un ranchito arrinconado en Nayarit. Sus primeras casas se erigieron con gruesos adobes, techos altos y amplios corrales de tierra colorada a la vera del Río Grande de Santiago. El entonces impetuoso era responsable de nutrir las plantaciones de tabaco y las huertas de mangos alrededor y se permitía el lujo de provocar uno que otro desastre natural, cuando en verdad le daba por ponerse grande.

Para llegar a ese lugar conocido como La Presa era necesario recorrer una brecha cubierta de piedras sueltas de al menos cinco kilómetros. No había una represa de agua por esos rumbos, solo Dios sabe por qué le pusieron así. Muy lejos estaba ese lugar polvoriento de considerarse pintoresco; pese a eso, María decidió concluir allí su migración desde tierras sinaloenses. Alguna vez me contó que en aquella época existían apenas unas cuantas casitas. «Éramos un montoncito de gente nada más», decía mientras juntaba sus manos arrugadas para simular una muchedumbre que yo era incapaz de imaginar, ya que para mí diez dedos amontonados seguían siendo solo diez dedos. Pensándolo a distancia, quizás el conteo no resultó tan errado.

Del otro lado del río se alcanzaba a ver Santiago Ixcuintla, pueblo vecino y cabecera municipal. Mientras más próspero se veía Santiago, La Presa daba la impresión de estar abandonada en el pasado y a mí, por esa y todas sus peculiaridades, me parecía adorable.

En la casa de la abuela que no era mi abuela no se cerraba la puerta, al menos no antes de las diez de la noche. En la entrada, echado a perpetuidad, permanecía un enorme perro lanudo color canela. Nunca lo pisamos y nunca se quitó, requeríamos de una gran zancada para pasarle por encima, y él ni se inmutaba. Creo que ha sido el único perro en el mundo que jamás movió la cola. Tal vez estaba aquejado por el síndrome de hiperactividad inversa, alguna disfunción perruna o simplemente era inmune al encanto humanoide.

María, a diferencia del perro y contraria a su traza de frágil anciana, parecía imposibilitada para la quietud. Si bien su dinamismo estaba dotado de una elegancia sosegada, la mujer no paraba en todo el día. Siempre en el ajetreo, ya fuera en el mercado o en la tortillería, en el corral con las gallinas o las macetas y, la mayor parte del tiempo, en la cocina inmersa en algún gerundio: pelando, picando, desplumando y/o destripando algún animal. Pocas veces, cuando nos alcanzaba la noche en el camino, la encontrábamos sentada en alguna de sus dos mecedoras, únicos muebles a modo de sala de estar. No se requería mayor esfuerzo para poner la mecedora en el pequeño porche frente a la casa y tener una mejor vista de la gente deambulando por la calle. Sin embargo, ella prefería estar cerca del ventilador, sospecho que por el arrullo zumbador del artefacto, porque esa cosa no hacía más que circular aire caliente y espantar moscos, eso sí.

No era el estilo de María brincar de gusto al vernos. Jamás nos recibió eufórica, mas siempre nos sentimos bienvenidos, esperados.

Para lograr transmitir ese gusto, bastaba que María se pusiera de pie para mirarnos a través de las gruesas gafas verdosas que hacían ver sus ojos enormes. Nos tocaba la cara con sus manos temblorosas, como leyendo las facciones antes de darnos un beso y sonreír, dando por terminado el ritual del recibimiento.

La mujer que en realidad era mi bisabuela nunca vio al progreso con buenos ojos. Fueron pocas las comodidades de la modernidad que dejó entrar a su casa. Tenía luz eléctrica porque se la impusieron, pero nunca tuvo televisión. Un pequeño radio de transistores color café la mantenía al tanto del acontecer a su alrededor, ya que las noticias de los pueblos vecinos, o incluso desde otras ciudades y los Estados Unidos, las recitaba un locutor entre una canción y otra. Fue así como se enteró, dos semanas después de los acontecimientos, de que a su hija Elodia la mató un camión del transporte público en la capital del país.

Llegó a tener estufa de gas, no obstante, muchas veces optó por cocinar afuera en el anafre. En su casa no se llegó a instalar el drenaje: era necesario caminar hasta el final del corral para encontrar la tétrica letrina y junto a ella un cuarto de baño sin regadera que María no utilizaba. Prefería bañarse de pie al lado de la pila en el corral. Se bañaba a jicarazos con agua fría sin quitarse el fondo de vestido por aquello del pudor, pero eso sí, todos los días, lo ameritara o no. Fue uno de esos baños el que le hincó la neumonía que le costó la vida a sus más de noventa años.

A mis ojos, María tuvo siempre la misma edad, la misma cara, lo único que variaba en ella era la forma de acomodar sus trenzas canosas: lado a lado, una sola, arremolinadas en la cabeza. No recuerdo haberla visto más joven o más vieja; jamás la vi postrada o enferma. Muchos contaban acerca de ella historias de una mujer severa. Con nosotros nunca fue así. No puedo decir que fue tierna y consentidora, al menos no como se puede interpretar ahora, aunque tampoco la recuerdo levantando la voz o regañándome por algo. Lo que sí recuerdo, y con mucho cariño, es sentarme a su mesa.

Contraria a la experiencia de sentarme en la mesa de mi madre, en donde la comida solía ser abundante, con María todo era digamos discreto. En el caldo de res flotaban apenas una pequeña porción de carne y un pedazo de papa o zanahoria. Nada parecido al cerro de verduras y carne con hueso amontonada que nos daban en casa. Al cuestionar a mi madre sobre esa diferencia, me contó que cuando ella era niña su abuela decía que la carne y los huevos estaban destinados para los hombres que iban a trabajar a las plantaciones de tabaco, para mujeres y niños no faltaron caldos y verduras. La situación de María cambió en algún momento, sin embargo, poco se notó en su manera de servir la mesa. Esa mesura en los alimentos les dio un valor que yo no conocía. Tal vez los recuerdos de necesidad nos hacen valorar más lo que tenemos cuando lo tenemos. No es fácil sobrellevar la crueldad del hambre. Cuando en la mesa son muchos, las injusticias se deben cometer con sensatez.

Con María no hubo despilfarro, pero eso sí, nunca faltaron frijoles aguados, tortillas calientitas, salsas de molcajete y cecina que ponía a orear en el tendedero al lado del ciruelo que se quedaba sin hojas en mayo. Los domingos por la mañana, el aroma de la carne asada al carbón era una convocatoria a levantarse temprano de la cama que era imposible de rechazar, pero cuando no había para carne, la cocina, la casa y la calle entera se impregnaban de un olor extraño, por lo que apersonarse en el comedor se convertía en un acto temerario. Afortunadamente, cuando la cocción cedía el protagónico al acitronar de ajos y cebollas, el temor se transformaba en júbilo. ¡Era día de tripas!

La pepena humeante en el plato, al menos para mí, era sinónimo de celebración. Yo le podría poner manteles largos y velas en candelabros de plata. Para María, en su insolencia, bastaba un escandaloso mantel de flores plastificado y trinches de peltre. Fue muchos años después que caí en cuenta de que, en realidad, ese delicioso guiso significaba el último recurso de la alimentación, «comida de pobres», la cataloraron. Cual pepenador en la basura, el carnicero entregaba a mi bisabuela una mezcla de menudencias de res como hígado, corazón, vísceras y vaya usted a saber qué más. Con estas cosas, el que nada sabe, nada teme. Una vez cocidos, los freía en un recaudo como de salsita verde con la que me chupaba los dedos, sin pensar que para muchos era eso o quedarse sin comer.

La abuela que no era mi abuela me regaló mil momentos para recordar. Las tripas, mis tripas, todavía brincan de emoción al recodarla. La niñez y juventud a su lado, en ese lugar que me parecía fantástico a pesar de sus carencias, fue algo que enriqueció mi vida. María estuvo casi un siglo con nosotros, vivió tres generaciones diferentes sin que el cambio se reflejara en ella o en su casa. Me tocó conocer a una mujer tranquila, sin las ocupaciones del bonche de hijos, nietos o cualquier cantidad de entenados que albergara en su casa. Tampoco tenía marido. Bartolo había muerto muchos años atrás. En su lecho de muerte a punto estuvo de ahorcarla porque le hervía la entraña nada más de pensar en dejarla donde él ya no estaría.

Mi bisabuela no tuvo una vida fácil, la austeridad en la que vivió y de la que yo nunca me percaté se reflejaba todos los días en su mesa. No porque en su comida el dolor o la necesidad fueran un condimento, sino porque para ella, a pesar de todo, el saciar el hambre de su familia era un placer. Sus deliciosos guisos, en pequeñas porciones, se multiplicaron por arte de magia para nutrir a su gente, además de que tuvo a bien convertirlos en un medio para enseñarnos el valor de las cosas. Como bien decía: «De lo bueno, poco»; y de eso, María nos dio muchísimo.

ADRIANA BATAILLE

Ciudad de México, México

PRIMER LUGAR CATEGORÍA RELATO

RECETA DE TORTITAS DE POLLO EN SALSA VERDE

INGREDIENTES

- 700 gr de pechuga de pollo cocida
- 4 claras de huevo
- ½ cucharadita de sal
- 4 yemas de huevo
- salsa verde (receta a continuación)

INGREDIENTES PARA LA SALSA VERDE

- 700 gr de tomates verde (tomatillos)
- ¼ cebolla
- 1 diente de ajo
- 1 o 2 chiles serranos desvenados y sin semillas
- 1 manojo fresco de cilantro
- 2 cucharaditas de sal
- 2 tazas de caldo de pollo

PREPARACIÓN

1. Desmenuza la pechuga de pollo y reserva el huesito de la suerte para pedir tu deseo.
2. Coloca las claras de huevo y la sal en un recipiente totalmente seco.
3. Con una batidora eléctrica, bate las claras hasta que estén súper esponjosas.
4. Agrega las yemas y continúa batiendo hasta que se incorporen ambos colores.
5. Agrega el pollo deshebrado y mezcla con un tenedor.
6. En una sartén grande y profunda, calienta aceite de canola.
7. Forma tortitas de 2 cucharadas y fríe durante 2 minutos por cada lado aproximadamente.
8. Retira y coloca las tortitas sobre papel absorbente.
9. Sirve las tortitas de pollo acompañadas de la salsa verde.
10. Puedes acompañar el platillo con un poco de arroz a la mexicana y frijoles.

PREPARACIÓN DE LA SALSA VERDE

1. Pica toscamente los tomates, cebolla, ajo y chiles.
2. Sobre un comal, tatema los tomates, cebolla, ajo y chiles.
3. Coloca todo en la licuadora y agrega el manojo de cilantro, la sal y el caldo de pollo.
4. Licúa hasta obtener una mezcla homogénea y deja que brote el primer hervor.

MARTINA

Adriana Bataille

Hay fuegos que nadie puede sofocar, pasiones concebidas por vínculos inevitables. Así ocurría entre Martina y su fogón. En cuanto la luz del cuerpo de la mujer aparecía por la cocina, los leños del hornillo iniciaban una danza de crujidos escarlata, un baile consagrado a la cautivadora india. Nadie se explicaba cómo la esposa de Demetrio lograba mantener los troncos del hornillo perpetuamente ardientes abrazando las cazuelas bermellón; ollas colmadas de delicias, elaboradas por manos de bronce, manos firmes y sensibles.

Las criadas de la finca cruzaban miradas de espanto cada vez que doña Martina se acercaba al fogón. Los rumores acerca del indescifrable pacto entre la patrona y el fuego del hornillo corrían por los vientos de todo San Juan con la misma intensidad con la que los olores de sus celestiales platillos se escabullían entre los azulejos. Unos decían que el fuego se había mezclado con el perfume que emanaba de la piel de Martina; otros aseguraban que la miel de sus ojos endulzaba las llamas; los más osados se atrevían a afirmar que Demetrio había sido embrujado por la furia de su seducción, y que los dos acabarían crujiendo entre las brasas de la hornalla.

Para una mujer de la casta de Martina, las habladurías de la gente se escurrían con la misma facilidad que la manteca en medio del calor del comal. De todo el chismerío del que se alimentaba el pueblo, una cosa era verdad: la pasión entre Demetrio y Martina cimbraba la tierra. La joven ojos de venado ocupaba su día aderezando sus encantos y aliñando hierbas para complacer el apetito de su hombre; el hambre de su cuerpo y de su alma.

Desde temprano, los techos se atiborraban del humo del café resquebrajado por el fuego. El río que corría desde lo alto del pueblo respiraba el aroma provocado por las rajas de canela, los conos derretidos de piloncillo y los panes de dulce lanzando suspiros de mantequilla.

Al fondo de la finca, en la más íntima de las habitaciones, Demetrio buscaba entre las sábanas a su mujer. La frescura del romero y la albahaca, mezclados con el olor del cuerpo de Martina, aún flotaban sobre su lecho; el hombre sonrió adormilado, imaginando las curvas bronceadas de su amante paseando entre las hierbas. Hacía buen rato que Martina deambulaba en la cocina, tatemando sobre el comal tomates, ajos y cebollas. En una cazuela, y con la ayuda del fuego, sazonaría las salsas y los caldillos con manojos frescos de cilantro y las hierbas de olor que había recogido de su huerta. Cucharas y cuchillos orquestaban tal bullicio en la cocina que terminaban por alborotar hasta a las pobres gallinas.

—¡Cómo te encanta el mitote! —le dijo Demetrio a su mujer, escondiendo su sonrisa detrás del bigote humedecido por el café.

—Mitotera y caprichosa, ¡esa soy yo! —respondió Martina, guiñándole un ojo.

Cuando se casó con Martina, y complaciendo uno más de los deseos de su enamorada, Demetrio mandó restaurar un huerto que tenía olvidado a espaldas de la finca. Martina le pidió que sembraran todo tipo de hierbas, transformándolo en un santuario para conservar los secretos de su sazón —y sus hechizos— de los que tanto se hablaba en el pueblo. Si alguien conocía lo que la savia de las plantas guardaba en su interior, era Demetrio. El patrón sabía perfectamente que para cultivar las hierbas preferidas de Martina —cilantro, albahaca, romero y epazote— se necesitaba absolutamente de la calidez de los rayos del sol.

El romero crecía sobre tierra salvaje y sin demasiados cuidados, igual como creció Demetrio. «Casi indomable», afirmaba Martina trazando una sonrisa seductora en sus labios. El epazote, en cambio, era más sensible, necesitaba de tierra arenosa y, lo más importante, nunca, nunca, nunca debían regarlo con demasiada frecuencia porque se ahogaba entre su olorosa tristeza. Lo mismo le pasaba a Martina cuando le daba por remover el pasado. Las lágrimas la inundaban y, en un dos por tres, se ponía tan pesarosa que el carácter se le marchitaba.

A la doñita le daba miedo que la melancolía la traicionara y se la llevara para quién sabe dónde carajos y ya no pudiera volver a florecer. Cuando quedó huérfana, siendo aún muy chiquilla, su abuela Bernabé le dijo que si desenterraba el tiempo para regarlo con la lluvia de sus lágrimas, sus encantos se esfumarían. «Solo conserva lo bueno, mi niña, las sonrisas debajo de tu almohada para que alimentes tus sueños», le repetía su abuela mientras la arrullaba. Martina escuchó tantas veces el mismo rezo de la anciana que creció con la firme convicción de que ninguna pena valía su llanto si eso le arrebataba su magia.

A Martina, su abuela le enseñó valiosos secretos, como el poder curativo de la ruda y de la hierba santa. En repetidas ocasiones recurrió a la pasiflora y al árnica del monte para sanar a las mujeres del pueblo. Utilizaba las hojas de cempasúchil para curar a los niños de espanto, el tomillo para afecciones de la piel y el toronjil para los reumas y el dolor de panza. La gente la buscaba para calmar el hambre con su generosidad, para aliviar el cuerpo con sus ungüentos y hasta para reponerse de las penas del alma con sus ocurrencias.

Con el tiempo, entre el vaivén de las delicias que envolvían los días y las noches de Martina y Demetrio, llegaron ocho hijos y los tiempos de bonanza se multiplicaron.

El final de la escuela lo gritaba el retumbar de las campanas del pueblo, y ahí empezaba la corredera con la ronda de chiquillos —propios y ajenos— alrededor de la finca. Martina y la Lupe tenían que ingeniárselas para entretener a los chamacos mientras los guisos daban su último hervor. Para ahuyentarles la lombriz del hambre, Martina asignaba diferentes tareas. A los más chiquillos los ponía a pelar chícharos y tomatillos; a los alborotadores los sentaba en esquinas opuestas de la mesa y le entregaba a cada escuincle un puñado de alubias para que las limpiaran. Mañosamente murmuraba en sus oídos que, entre más piedritas encontraran, menos espíritus rondarían en la noche por debajo de sus camas. La doña se divertía escuchando el cuchicheo de los niños acerca de sus hechizos secretos. La muy condenada sonreía satisfecha, viendo a los escuincles separar minuciosamente montoncitos de inocencia. Los concienzudos la ayudaban a lavar la verdura y a recoger las hierbas de la huerta. A los grandecitos los mandaba a buscar masa para las tortillas y les decía con quién ir a buscar jamón y queso. Martina conocía de memoria cada pasillo del mercado y la vida al derecho y al revés de cada uno de sus marchantes. Todos en la plaza sabían que lo más fresco estaba reservado para doña Martina, y más les valía que le cumplieran si es que querían disfrutar de sus delicias el día de la fiesta de la Virgen Morena.

—¿Qué receta vamos a preparar hoy, doña Martina? —preguntaba la Lupe.

—No tengo recetas, Lupe. El fuego me dicta lo que tengo que hacer —respondía Martina mientras picaba el cilantro.

Lupe no terminaba de acostumbrarse a escuchar a su patrona hablando con la lumbre. Cuando Martina se alejaba, la muchacha lanzaba la señal de la cruz y se encomendaba a todos los santos. Su curiosidad era más fuerte que su miedo, así que trataba de seguir cada uno de los pasos de la señora con la esperanza de destapar los secretos que seguramente vivían encerrados entre las piedras del metate y el molcajete. Por más que la Lupe abría sus ojitos de rendija, Martina dominaba la astucia que le dieron a mamar desde chiquilla y se las ingeniaba para destantear a las criadas, especialmente a la Lupe. Así que no había falla: siempre le pedía que fuera a buscar quién sabe qué cosa a la bodega o, de plano, la mandaba a perseguir gallinas y a retorcerles el pescuezo mientras Martina preparaba sus adobos.

—¡Ánimas que un día doña Martina me cuente sus secretos! —le decía la Lupe a Carlotita cuando salían del rosario.

—Yo, ni loca me acerco a la cocina. ¿Y qué tal que sí es bruja y tiene pacto con el fuego? —preguntaba Carlotita toda atolondrada.

—¡No diga usted tonterías! —respondía la pobre Lupe, persignándose. Nunca se atrevió a confesar las veces que vio a la patrona hablando con el fuego.

Llegó el día en que la patrona mantuvo a la Lupe quietecita, pelando los tomatillos. La muchacha solo estaba esperando el momento en que, como de costumbre, doña Martina la enviara por algún mandado. No quería ni respirar para que los aires no cambiaran el humor de la doña. La Lupe iba anotando en su deschavetada memoria cómo tatemar los chiles serranos y los tomatillos, cuántos dientes de ajo, la cantidad exacta de cebolla y cuántas ramas agregar de cilantro. Puso mucha atención en cómo separar las yemas de los huevos y cómo batir las claras hasta que parecieran espuma de mar. Martina sacó las pechugas del caldo y juntas comenzaron a deshebrar con parsimonia. La Lupe sonreía en silencio pensando en que por fin iba a descubrir la receta de la patrona. Martina rompió el silencio al toparse entre sus dedos con el hueso del espolón.

—¡Vamos a tentar la suerte, mi Lupe! Este huesito tiene un poder extraordinario.

La pobre Lupe no supo ni cómo reaccionar y continúo deshebrando el pollo, calladita y con la mirada fija en la montaña de hilos. Martina se puso de pie y colocó el espolón cerca del fogón. Comenzaron a formar tortitas con las hebras de pollo para luego hundirlas en la mezcla de la nieve dorada del huevo. Martina se acercó al fogón y cogió el hueso.

—Ahora sí, mi Lupe, este huesito ya está bien cargadito de energía. Tú vas a agarrar un bracito de la horqueta y yo el otro, cada una va a pedir un deseo; mantén siempre en tu cabeza que es la fuerza de tu intención la que logra todos los sueños. Las dos vamos a jalar al mismo tiempo cada uno de los brazos. La que se quede con la mayor parte del hueso, cumplirá su deseo.

—Si señora —respondió la Lupe, tomando la orilla del hueso firmemente y levantando la mirada.

Por la mente de Lupe se cruzaron los vapores de la pasión y cada uno de los aromas que tenía guardados en su memoria, los sabores que a diario se compartían en la mesa de la finca y el amor a las hierbas que le había enseñado la patrona. Martina sonrió, viendo a la chamaca apretar los ojos con todas sus fuerzas. Ella también cerró los suyos, agradeciendo al fuego el poder de la magia que la abuela le había enseñado.

KEO J. CAPESTANY

La Habana, Cuba

RECETA DE AGUJA AL HORNO

La receta original partió a la eternidad con mi difunta madre. La aguja fresca no existe en estas latitudes. Un pedazo de por lo menos 10 libras se podría ordenar congelado de Costa Rica a unos $20 por libra. Durante mi infancia en Cojímar, me imagino que costaría unos 20 centavos la libra. Esta receta es creación de mi hija, Ana María.

INGREDIENTES

- 4 filetes de aguja de 1 pulgada de grueso

INGREDIENTES PARA EL ADOBO

- ¼ de taza de aceite de oliva
- ½ taza de jugo de limón
- ½ taza de jugo de naranja
- ¼ taza de jugo de toronja
- ½ cucharadita de comino molido
- ¼ de cucharadita de sal

INGREDIENTES PARA LA SALSA

- 1 mango maduro en cubitos
- 1 papaya madura en cubitos
- 2 cucharadas de jugo de lima
- ¼ de taza de cebolla roja en trocitos
- 1 cucharada de cilantro fresco picado
- un poquito de sal

PREPARACIÓN

1. Después de combinar los ingredientes del adobo en un recipiente grande y plano, añada los filetes y cubra ambos lados. Tápelos y refrigere por 30 o 40 minutos.
2. Precaliente el horno a 400 grados Fahrenheit
3. Ponga los filetes preparados en una charola sobre papel pergamino, hornee por unos diez minutos, más o menos. Los filetes deben estar apenas opacos.
4. Sírvalos adornados con salsa.

AGUJA AL HORNO

Keo J. Capestany

Tiburones y agujas matizan la memoria de mi infancia en Cojímar, un pueblo al este de La Habana, entonces solo conocido por una supuesta abundancia de tiburones. Sí, los había, pero capturados, yertos sobre la arena, destinados a transformarse, tras el calor mágico del Caribe, en «legítimo bacalao de Noruega» —un fraude a los consumidores y agravio contra dos nobles especies marinas. Y agujas, agujas recién sacadas del mar; agujas que, tras la mágica sazón maternal, se convertían en manjar deleitoso.

Un pescador que cabalgaba por todo el pueblo pregonando el fruto de su labor nos vendía pedazotes de aguja, grandes como pechugas de pavos gringos, que mi madre adobaba y horneaba así, enteros. Quedaban memorablemente sabrosos. No sé por qué, pero nada más durante los plácidos veranos en la casita de Cojímar —nunca en La Habana—, era que disfrutábamos el sabor sin par y fresco de la aguja horneada. Ese gusto que añoro lo he buscado infructuosamente por todas partes durante más de medio siglo. Es, desgraciadamente, irrepetible.

Una aguja y tiburones hambrientos ayudaron a Hemingway a obtener, en Noruega, el Premio Nobel de Literatura. Santiago, el viejo de su obra, pescó una aguja tan grande que no pudo llevarla a bordo y la arrastró, flotando, al costado de su embarcación. Pasto de tiburones en el trayecto, sobre la arena de Cojímar solo yacieron sus puros huesos.

Hemingway muestra a Santiago soñando repetidamente con su lejana juventud y anhelando nuevas aventuras heroicas. La gigantesca aguja pareció serlo. Pero peleó contra los tiburones sin percatarse de que el esfuerzo en sí era su triunfo.

Mi suerte ha sido mejor, aunque he fallado en mi fútil búsqueda. Cuando sueño, mi paladar aún saborea las distantes agujas horneadas, afortunadamente inmunes a los tiburones del tiempo y la distancia.

JULIANA DELGADO RENDÓN

Medellín, Colombia

RECETA DE TAMALES COLOMBIANOS

INGREDIENTES

- 2 libras de maíz cocido y molido, no muy blando
- 2 cucharadas de manteca de cerdo

INGREDIENTES PARA EL RELLENO

- 1 libra carne de cerdo picada
- 1 libra costilla de cerdo picada
- ½ libra tocino picado
- 1 libra papas peladas y picadas
- 2 zanahorias cocidas y cortadas en rodajas
- 1 taza arvejas cocidas (las arvejas son los guisantes en Europa)
- 6 tomates de tamaño reducido

PREPARACIÓN DE LA MASA

1. Mezclar la masa con la manteca y un poco de agua; amasar bien hasta conseguir una masa suave.
2. Se conserva en la nevera, pero en el momento de decidirse a hacer los tamales, se debe sacar la masa y dejarla a temperatura ambiente un rato antes.

PREPARACIÓN DEL RELLENO

1. Poner las costillas con la carne, el tocino, las papas, las cebollas, los tomates, el comino, el achiote y la sal a marinar en agua fría, cubriendo todo, durante un día entero.
2. Es aconsejable meter la mezcla en el refrigerador.
3. Al día siguiente se le agregan las zanahorias y las arvejas.

PREPARACIÓN DE LOS TAMALES

1. Hojas de plátano o achira, se quebrantan a fuego o se pasan por agua hirviendo.
2. Se colocan las hojas en un plato hondo, se van haciendo bolas con la masa, que se extienden sobre las hojas, se les coloca en el centro suficiente relleno y se cubre con los bordes de la masa.
3. Se cierran los tamales juntando las puntas de las hojas arriba, como un paquetico. Se amarran bien.
4. Se ponen a cocinar en agua-sal por tres horas.

REMINISCENCIAS

Juliana Delgado Rendón

—**M**mm... ¡qué rico huele, mamá! —exclamó Daniel cuando entró de nuevo a casa después de haber ayudado a su papá a ordeñar las vacas. Era un día que empezó frío, mas no lluvioso; las nubes se tornaban casi moradas con la presencia de un sol muy tímido, escondido tras ellas. En las fincas, los días se empiezan muy temprano y, como era costumbre, en la finca de Daniel y sus padres se empezaba con una taza bien caliente de agua de panela[1]. Sus olores endulzaban la cocina y sus alrededores, que no eran muchos, por así decirlo. A él le gustaba tomarla bien caliente y ponerle una tajada de queso fresco al interior, así se derretiría y le daría un sabor diferente, que a él lo deleitaba en cada sorbo. Pero para Daniel, el mejor momento llegaba cuando tenía que buscar una cuchara para poder alcanzar, al fondo del pocillo azul, el delicioso queso derretido.

Daniel vivía con sus padres: María Rosa Castañeda y Pablo Castañeda (ellos eran primos lejanos, cosa que no era muy bien vista en aquella época, así que decidieron casarse a escondidas, con el favor de un cura amigo, que la había conocido cuando ella pensó en entregarle su vida a Dios). Pero esa es otra larga historia que, si el tiempo nos permite, se las contaré.

Pues bien, esta familia vivía en una de las tantas montañas colombianas, en un pueblito que no tenía más de cinco mil habitantes y donde el frío nunca se había ido. Su casa no era muy grande, estaba construida rústicamente y sus paredes estaban pintadas mitad blanco y mitad rojo, los postes eran azul oscuro y tenían muchas canastas llenitas de flores de diferentes colores.

Solo eran ellos tres porque, aunque tuvieran familia, ellos eran tan solo una reminiscencia debido al parentesco cercano que tenían. Sus familiares seguían viendo ofensivo que se hubieran casado entre primos y mucho más que hubieran tenido un hijo.

—Dele gracias a Dios que el niño no les salió raro —dijo la abuela en la única conversación que habían tenido, después del nacimiento de Daniel. Entonces María Rosa Castañeda —que tenía un temperamento aguerrido, que había intentado ser monja, pero que también tuvo la valentía de decir no, que se casó con su primo aun sabiendo que por eso la iban a exiliar— quiso darle a Daniel lo que ella aprendió de su familia, lo que ella aprendió en su vida y lo que, a su parecer, eran para ella las buenas costumbres y los valores del ser humano; por eso se casó con el padre de Daniel, que era paciente y muy trabajador.

Así que ella tomó la decisión, cuando se enteró de que estaba embarazada, de contarle todo lo que había sucedido, aunque Daniel era, en ese entonces, del tamaño de un frijol.

Los años pasaron y Daniel seguía escuchando las historias de su mamá, algunas veces cortas, algunas largas, otras de su vida o de la vida de los demás, otras que daban risa y otras muy tristes, pero en definitiva las que más le gustaban a él eran las instrucciones culinarias, porque eso sí, para Daniel su mamá era la mejor cocinera que él había conocido.

De entre todas las comidas había una que Daniel siempre disfrutaba, no importaba si era de día o de noche, comerla esporádicamente o por muchos días de seguido, en una fiesta o solo, y hasta incluso rodeado del silencio de la naturaleza: su plato favorito era el tamal colombiano.

«La suavidad de su masa en cada cucharada y su relleno de verduras y carne, hacen del tamal un plato completo. Los hay de diferentes rellenos y, por supuesto, cada uno le pone su secreto personal. Pero lo que me fascina es pensar en cómo nuestros antepasados utilizaron la hoja del plátano que les ayuda a cocinarlo y, a la misma vez, le da un sabor tenue pero delicioso». Esto lo decía Daniel, el protagonista de nuestra historia, 23 años después, en un simposio de alta cocina celebrado en Río de Janeiro, Brasil, del cual él era uno de los chefs invitados de honor a este certamen.

Daniel evoca estos recuerdos cada vez que cocina, pero los siente en el alma cuando se come su platillo favorito: recuerda a su madre que ya no está, los olores de su comida, los olores que desprendían sus ollas, las canastas llenitas de flores, sus historias, sus vacas, la sonrisa de su papá. Cuando Daniel prepara su tamal, en su lujosa cocina rodeada de utensilios profesionales, no ya en aquella cocina pequeña y rústica en la que su madre lo solía deleitar cada día, él se siente en casa, aunque ya no esté más allí, a pesar de que está a miles de kilómetros, lejos y en medio de una enorme ciudad. En esos momentos vuelve a casa con su mente y viaja en el tiempo para agradecerles a sus padres las enseñanzas y las historias que le brindaron y lo convirtieron en el hombre de hoy.

---

1. Agua de panela: mezcla de agua y panela (piloncillo) que, por lo general, se puede tomar fría o caliente.

JORGE ENCISO MENESES

Ciudad de México, México

RECETA DE SOPES DE BISTEC, FRIJOLES Y NOPALES

INGREDIENTES

- 1 1/2 libras de bistec
- 1 lata de frijoles refritos
- 2 pencas de nopales limpias (sin espinas)
- crema de mesa
- queso Cotija
- sopes (receta a continuación)
- 10 tomatillos
- ¼ de cebolla
- 2 chiles serranos
- 3 dientes de ajo
- sal al gusto

INGREDIENTES PARA LOS SOPES

- 2 tazas de Maseca
- 1 ¼ de tazas de agua
- ¼ de cucharadita de sal

PREPARACIÓN

1. En agua hirviendo, ponga los tomatillos sin hojas, la cebolla, los chiles y el ajo por 15 minutos hasta que los tomates estén blandos. Déjelos enfriar.
2. Pase los ingredientes a la licuadora, agregue media taza de agua donde fueron hervidos y licúe la salsa. Guárdela aparte.
3. Corte los bistecs en trozos y fríalos en aceite. Cuando estén listos, transfiéralos a un plato.
4. Corte los nopales en tiras, cocínelos entre 15 y 20 minutos hasta que estén blanditos y luego cuele el agua.
5. Fría de nuevo los frijoles en el aceite que quedó de la carne.
6. Unte los sopes con frijoles, luego ponga encima los trozos de bistec fritos y los nopales.
7. Agregue queso, crema y salsa verde al gusto.

PREPARACIÓN DE LOS SOPES

1. Mezcle 2 tazas de Maseca con el agua y la sal durante 2 minutos hasta formar una masa suave. Si la masa se siente seca, agregue agua, una cucharadita a la vez.
2. Divida la masa en 16 porciones iguales y forme bolitas. Tápelas con una servilleta de tela húmeda para mantenerlas suaves.
3. Aplane cada bolita entre dos hojas de plástico grueso en una prensa para tortillas hasta que la tortilla mida 10 cm de diámetro.
4. Caliente un comal a fuego medio alto.
5. Retire el plástico de las tortillas con cuidado y cocine cada tortilla por 50 segundos. Dele vuelta y siga cocinando por otros 50 segundos.
6. Saliendo del comal, pellizque con cuidado la tortilla haciendo un semicírculo (como un cráter) que contendrá los ingredientes en él.

7. Tape las tortillas con una servilleta de tela para mantenerlas suaves y calientitas.

S.O.P.E.S. (SUSTENTOS ORGÁNICOS POTENCIADORES EXQUISITAMENTE SUCULENTOS)

Jorge Enciso Meneses

Añoranza. La vista del horizonte, totalmente inundado de estrellas brillantes y nebulosas de todos colores, a través de la cabina de la nave distraía la mente de los recuerdos. Cuando estás a años luz de la Tierra, todo se extraña: los paisajes, los sonidos, los sabores. Mi estómago protestó como si escuchara mis pensamientos. No había probado bocado desde ayer, justo antes del último ataque de los Terux. Creo que merecíamos mi panza y yo algo que nos recompensara por la magnífica victoria, algo como unos Sustentos Orgánicos Potenciadores Exquisitamente Suculentos.

La unidad 3B de cocina estaba después de las cápsulas de escape, así que me impulsé con los brazos desde el marco de la primera conexión y floté directamente hasta el almacén de harinas. Tomé algunos ingredientes más de la alacena. Una unidad de frijoles refritos, otra de nopales, media de crema de mesa, etc. Todo estaba listo. La AIEE (Agencia Internacional de Exploración Espacial) había considerado a los Sustentos Orgánicos Potenciadores Exquisitamente Suculentos como un platillo básico en el menú de los exploradores por sus componentes nutritivos. Me fui a la cocina y activé el modo gravitatorio. Mientras preparaba la masa, las memorias se agolpaban en mi mente, cuando dejé la Tierra, cuando dejé México. Recordaba a la señora de la fondita en el centro colonial de mi Querétaro adorado, que con una habilidad impresionante amasaba las tortillas y las aventaba al comal y les daba su forma de cráter. Al mismo tiempo untaba los frijoles, cocía los nopalitos y recogía la carne de la plancha que ya estaba en su punto, salpicando aceite por doquier. Se escuchaba el *tsssssss* y se percibía el aroma a bistec frito desde que uno entraba a la fonda. Luego, sobre esa montaña de frijoles, nopales y carne, venía la crema de mesa medio espesa y la lluvia de moronitas de queso Cotija que como asteroides chocaban contra la superficie encremada y se adherían a ella. Y al final, la salsa verde que lo cubría todo, picante, de ese picor sabroso.

Los míos quedaron «casi» como los de esa señora. No podía quejarme, el aroma era idéntico. Los acerqué a mi boca lentamente, saboreando con anticipación el contacto con mi lengua, cuando de repente la nave se sacudió violentamente. La gravedad artificial hizo que mi plato de Sustentos Orgánicos Potenciadores Exquisitamente Suculentos cayera al suelo boca abajo.

—¡Chin! —exclamé instintivamente mientras veía mis S.O.P.E.S. desparramados.

Podía escuchar el crujir del metal mientras era arrancado del casco de la nave, los Terux habían regresado. Miré los S.O.P.E.S. por última vez. Corrí para salir de la gravedad de la cocina y de un brinco me impulsé para llegar flotando hasta las cápsulas de escape. Alcancé a entrar en la primera mientras veía de reojo que los Terux ya habían tomado la cocina.

Sentí de pronto un golpe en el brazo que me hizo brincar, me desperté con un sobresalto.

— Despierta, flojo, ya llegamos —me dijo mi esposa burlonamente.

— ¿Qué? ¿A dónde? ¿Ya? —pregunté confundido.

— South Tacoma —respondió mientras se levantaba del asiento.

Me apresuré también para bajar del tren y la alcancé abajo. Mi estómago rechinó discretamente.

— Oye, Bombón, ¿no tienes hambre?

— Un poco, ¿qué propones?

— Se me antojan unos Sustentos Orgánicos Exquisitamente Suculentos...

— *What?*

— Unos sopes, Bombón, unos sopes...

PATRICIA FERREYRA

Buenos Aires, Argentina

RECETA DE ÑOQUIS DEL 29

INGREDIENTES

- 500 gr de ricota
- 1 huevo
- 200 gr de harina (más cantidad adicional para utilizar en la mesada y cortar los ñoquis)
- 1 cucharadita de polvo para hornear
- ½ cucharadita de sal fina
- 50 gr de queso rallado
- ½ cucharadita de nuez moscada (optativa)

PREPARACIÓN

1. Se pone la ricota en un bol grandecito, se añade el huevo y el queso rallado. Se mezcla bien con cuchara.
2. Se añaden la harina y el polvo para hornear. Se mezcla bien hasta que tome todo.
3. Se forma un bollo y se pasa a la mesada enharinada. Luego se

cortan porciones chicas que se estirarán manualmente dándole la forma de un rollito largo.

4. Se corta el rollo en pequeñas porciones (ñoquis). Si se desea, se pueden pasar estas porciones por la ñoquera o por un tenedor enharinado que le deje surcos al ñoqui. Esto es para que la salsa se adhiera mejor.

5. Una vez que se tienen todos los ñoquis, se sacude el excedente de harina y se colocan en una placa de horno apenas enharinada.

6. Se pone a hervir agua con un puñado de sal gruesa y, cuando rompe el hervor, se agregan los ñoquis.

7. Cuando comienzan a flotar, o cuando al revolver la cacerola suben todos, los ñoquis ya están cocidos. Se cuelan con espumadera y se pasan a un plato fuente y se les añade salsa o lo que se desee. A veces basta un chorrito de aceite de oliva (u otro tipo); otras, un trocito de manteca y un buen queso rallado. Por lo general, se sirven con una salsa para pasta (de tomate, bechamel, etc.).

LOS ÑOQUIS DEL 29

Patricia Ferreyra

—M
añana es 29 —me dice mi mamá—. Ya fui al súper y
traje todo.

—¡Día de ñoquis! —exclamo yo.

Y así es. Al día siguiente nos pasamos cuatro horas infinitas amasando y estirando en tiritas la masa de harina, ricota y huevo. Según mi madre, las tiritas deben tener el mismo grosor, el mismo diámetro. El olor a masa cruda, la mesa llena de harina, las manos llenas de harina, el pelo que me cubre la cara, y no quiero enharinar, son todas sensaciones y recuerdos de ese ritual que anticipo cada mes y, que cuando llega, recibo sin demasiado entusiasmo.

Mi madre me dice que haga cortes cada dos centímetros y medio más o menos (y recién ahora me doy cuenta de que es poco más de una pulgada exacta). Con destreza digna de envidia de los más grandes chefs, ella pasa cada segmento por un tenedor. Los ñoquis le quedan perfectos, como de fábrica de pastas. Un ñoqui tras otro hasta que hay cantidad suficiente como para cuatro personas. Lo hace rápido, tanto que apenas veo el movimiento de sus manos.

Mi hermano y yo estamos pegados a la mesa, sendos tenedores en mano, intentándolo. Mi madre me enseña, pero no tengo la misma destreza; mi hermano, no lo sé, tan compenetrada estoy en mi tarea. Aplasto la masa contra el tenedor y si pongo demasiada presión, me queda un tirabuzón. O uso poca presión y casi no se nota la marca de los dientes, resultando en un mazacote deforme. O soy muy lenta y me frustro con facilidad, o el tenedor está húmedo, pero sigo, porque esa es mi actitud: insistir, poner esfuerzo hasta que me salga, aprender.

No hay apuro, pero el tiempo se alarga y hacer ñoquis se transforma en una combinación de ritual de fin de mes y trabajo forzado. Al final, aprendo y sale algo decente. Quiero prepararlos porque el reino de mi madre, la cocina, por fin me abre las puertas para que experimente un poco. Un territorio desconocido, exclusivo, una especie de castillo medieval con muralla, foso, cocodrilo y puente levadizo. Solo puedo entrar cuando la reina me lo permite. Mis facultades están limitadas a su supervisión bajo su ojo de águila, el 29 de cada mes.

En Argentina, la tradición de los ñoquis del 29 se remonta a los recuerdos de mi niñez. Será porque una marca de ricota quería vender sus productos a toda costa y conquistó el país a través de sus publicidades en la tele. Será porque en ese bendito país se conectó la política a la cocina y en algún momento la gente empezó a llamar ñoquis a los diputados que llegaban a cobrar el 29 y después desaparecían del Congreso como por arte de magia. O será porque existe una historia que vincula a San Pantaleón, en sus peregrinajes en Italia, con predicciones de abundancia que se vuelven realidad. Y así, de niña, conectábamos a los ñoquis con la plata. Mezclábamos todo en el cambalache. Poníamos un billete debajo del plato antes de empezar a almorzar porque eso nos aseguraría que tendríamos suerte, que no nos faltaría el dinero el mes entrante. Recién a partir de ahí los disfrutábamos con tuco, carne y queso rallado. Riquísimos. Ñoquis que casi sin masticar se deshacían en la boca en un mejunje de sabores hasta que el plato quedaba vacío. Nunca fallaban.

Hace años que no los preparo y no sé qué tan desarrollado tengo el tacto hoy en día, pero alguna vez lo intentaré de nuevo. Mis padres aún comen ñoquis de vez en cuando, pero ya no es religión. Me gusta contar esta historia porque la gente no la puede creer. Así y todo, la memoria persiste y reconozco que aún hoy desde el recuerdo, hay belleza en el realismo mágico en el que me crie.

VÍCTOR FUENTES

Managua, Nicaragua

RECETA DE SOPA DE CAMARÓN DE RÍO

INGREDIENTES (5 PORCIONES)

- 2 a 3 litros de agua fresca de río
- 3 a 4 piedras de río medianas, redondas u ovaladas
- 10 piedritas de río, pequeñas como huevos de codorniz
- 10 tomatillos de monte
- 2 puños de hojas de la planta camaroncillos que crece en el monte a orillas de algunos ríos
- 5 dientes de ajos
- sal al gusto

PREPARACIÓN

1. Hierva 3 litros de agua fresca de río con las piedras durante 1 ½ horas. Durante el tiempo de cocimiento, mantenga el nivel del agua constante.
2. Agregue las hojas de camaroncillos.
3. Agregue los tomatillos.

4. Agregue los dientes de ajo y sal al gusto. Déjela cocinar por un rato hasta que el caldo agarre sabor.

5. Cuando la sopa esté lista, asegúrese de retirar las piedras antes de servir.

SOPA DE CAMARÓN DE RÍO

Víctor Fuentes

Estoy llegando a la fiesta a la que me han invitado. Veo bastante gente, en su mayoría hispano-latinos y algunos anglosajones; unos pululan de un lado a otro saludando a quienes encuentran a su paso; otros, con platos de comida o cerveza en la mano, platicando con alguien; mujeres en grupitos riéndose a carcajadas. Es una escena cotidiana de las fiestas hispano-latinas del país del norte. La música y las conversaciones se confunden, dándole un toque de algarabía al ambiente. El humo de la carne asada al aire libre hace que te ardan los ojos y el olor se te meta por la nariz, pero esto se aguanta porque es un olor conocido y te recuerda los asados de tu país de origen. Es cierto que, por lo general, en esas fiestas a las que me han invitado durante muchos años abunda la comida, pero es una comida de imitación. Uno cree que lo que va a comer, el sabor, va a ser igual a lo que antes comía en su tierra natal. Te llevas el bocado a tu boca y —¡sorpresa!— es decepcionante... Nada parecido a la cocina de la abuelita o de tu mamá que durante la mayor parte de tu vida saboreaste hasta chuparte los dedos.

Después de estas reflexiones a las que me entrego de vez en cuando, sobre todo cuando estoy comiendo, siempre tengo el sentimiento de añoranza, en una mezcla de alegría y tristeza, recordando los buenos momentos y los momentos dolorosos de mi infancia. Estos fueron los que más marcaron mi vida, por las largas ausencias de mi madre y la escasez de los alimentos en una situación de extrema pobreza, sobreviviendo de puro amor materno. Recuerdo aquellas noches oscuras y frías de invierno en que llovía torrencialmente y mis hermanitos y yo solíamos sentarnos en el piso, esperando a nuestra mamá hasta las 9 o 10 de la noche, hora en que venía de trabajar y nos traía la cena que ella cocinaba en su trabajo y que le sobraba.

Éramos cinco hermanitos, cuatro varones de seis, ocho, diez y doce años, y una mujercita de cuatro. En casa la pasábamos solitos, nadie nos cuidaba, atrancábamos la puerta y en rara ocasión salíamos a jugar al patio, siempre con escasa comida en la barriga. Cuando los vecinos cocinaban, nos asomábamos por la ventana o espiábamos por las rendijas, acercando las naricitas para oler mejor los aromas que atravesaban las tablas de nuestra casita. Se nos retorcía el estómago de hambre.

A veces, por las tardes, salíamos a sentarnos o a jugar con algún niño vecino. Yo, a los seis años, era el que menos socializaba con los niños que de vez en cuando les regalaban algún pan o galletas a mis hermanitos. Era el más flaco y huraño, pero el que más extrañaba a mi mamá, pues lloraba y lloraba cuando caía la tarde y venía la noche y era el único que la esperaba a la orilla de la puerta. Me daba un brinco mi corazoncito cuando la veía más o menos a la distancia de una cuadra de nuestra casa. Ella nos silbaba y todos corríamos a encontrarla. Sonriente, nos repartía besos y abrazos. Nosotros tomábamos los paquetes de comida y después comíamos en silencio. Nuestra madre nos miraba amorosamente y con lágrimas en sus ojos.

Como yo era el que más disfrutaba de los olores y aromas de las comidas del vecindario, ya que era el que más tiempo me asomaba a las rendijas, le pedía a mi mamá lo que quería que cocinara en el fin de semana. Recuerdo que en los meses secos de verano, cuando por acaso llovía y el agua caía sobre los polvazales del barrio y dejaba un olor grato a tierra mojada, yo me apuraba a decirle: «Mamá ¿por qué no te haces guacamol con arroz y pollo en caldillo?» u otro plato de mis preferidos que también les gustaba a mis hermanitos, que me secundaban en el pedido.

Los fines de semana para nosotros eran de fiesta, pues nuestra madre cocinaba comida típica y comíamos hasta saciarnos para aguantar los días venideros en que debíamos conformarnos con la única comida del día, el desayuno de pan con café. Por eso ahora, lo que más extraño son los sabores de las comidas típicas de mi país. No solo las «comidas secas», como les decimos, sino también las sopas que hacen subir el espíritu (o el ánimo o la pasión) y nos hacen sudar. Me refiero a las sopas de mondongo, de res, de frijoles, de pollo, de pescado y de camarones. Esta última nunca la probé, pues para mi mamá era inalcanzable por el precio del camarón; nosotros, solo de oídas conocíamos los camarones y sabíamos que solo la gente rica los comía.

Recuerdo que en esa misma época mi mamá fue despedida de su trabajo y el miedo y la incertidumbre nos invadió a todos, pues significaba más hambre y la muerte de algunos sueños de niños: llegar a tener cada uno su cama, una televisión para ver los muñequitos de Walt Disney (que todavía se transmitían en blanco y negro), y tener nuestros juguetes navideños y el arbolito de navidad con sus *bujíllitas* de luces intermitentes. Y yo sentía que ya nunca conocería los camarones. Adiós a la sopa.

Mi mamá buscó y buscó trabajo, y nada... Era el comienzo de los años sesenta.

No tuvo más remedio que decirnos: «nos vamos para donde mi mamá». Mi abuelita vivía donde ella nació, en El Salto, un pueblecito pequeño con un hermoso río que sobrevivía por las siembras para el consumo de las familias. Viajamos en carreta halada por bueyes por tres días y en todo el viaje yo iba pensando en los camarones. «¿Cómo serán?», me preguntaba. Y yo mismo me decía: «Ahora que lleguemos a vivir donde mi abuelita, los voy a conocer y comer». Al fin llegamos. Mi abuelita, una señora de 45 años, de carácter severo, pero muy cariñosa y amable con nosotros, nos recibió muy alegremente. «Bienvenidos niños», dijo, «aquí en medio de mi pobreza espero servirles lo mejor que pueda a ustedes y su mamá». Lo primero que le pregunté fue: «¿Y nos dará sopa de camarones?». Ella me contestó: «Aunque sea una vez al año, hijito».

Así pasó el tiempo y yo expectante, pensando en conocer los camarones. Sin embargo, ella nos daba otras cosas, como sus tortillas gigantes y tostadas en el horno y sus cuajadas ahumadas con aguacate para la cena. El desayuno era café negro amargo con rosquillas, y para el almuerzo, caldillo de pollo con arroz y frijoles u otras comidas que alternaba de vez en cuando. Comíamos un poco mejor y, además, hacíamos las tres comidas diarias. Los fines de semana cada mes o dos meses había sopa. Una de las sopas premio —como le decíamos—, pero la que más yo esperaba nunca llegaba: la sopa de camarón de río. A pesar de que los camarones existían en el río, era difícil cazarlos por la fuerte corriente y no cualquiera los podía atrapar. Por eso era una sopa premio. Sucedía una o dos veces por año, pues casi todos los hombres que podían hacerlo trabajaban fuera del pueblo, de sol a sol.

Un día nuestra madre nos llevó al río a lavar la ropa y a bañarnos, porque en casa de nuestra abuelita no había lavadora ni baño. Ya allí nos dijo: «Consíganme leña para hacerles una sopa de camarón de río». ¡Qué inmensa fue mi alegría al oír que íbamos a tomar la famosa sopa de camarones!

Ella se puso a lavar y luego a cocinar: prendió la cocina, que consistía en tres piedras grandes y leña en rama, puso un tarro de leche KLIM (donde venía la leche en polvo para los bebés), con dos litros de agua. Cortó tomates o tomatillos del monte y le puso sal. Nosotros nos fuimos a bañar. Más tarde, ya no me aguanté y le dije a mis hermanitos: «Vamos donde mamá a ver si ya está la sopa».

Llegamos donde ella y le dijimos: «Mamá, ya tenemos hambre».

«Sí, ya está la sopa», contestó ella. «Traigan sus huacales y se ponen en orden, que les voy a servir».

Ya yo daba por hecho que iría a conocer los camarones. ¡Al fin!, me dije. Hicimos la fila y en orden nos fuimos a sentar en las piedras más cómodas del rio que nos acompañaba con el ruido de sus tres cascadas que caían en sus tres pozos.

Comenzamos a tomar la sopa, que por cierto era muy deliciosa, pero como estaba el agua turbia, no se veían los camarones. Y yo bebí y bebí esperando encontrarlos en el fondo. Pero ni allí estaban, solo había tres piedras finas y pequeñas como un huevo de codorniz. Me fui corriendo desesperado donde mamá y le dije, asustado: «¡No están los camarones, mamá, no me los distes! ¡Solo hay piedras!».

Mi mamá nos llamó a todos y nos dijo: «Miren muchachos, ¡no crean que los he engañado! ¿Sabía a sopa de camarón, o no?». «Sí», le contestaron mis hermanitos. «Allí está, era de camarón, pues. Les voy a explicar: los camarones de río viven toda su vida bajo las piedras que hay en el fondo, por tal motivo allí se orinan todo el tiempo, por lo que las piedras absorben la orina y cuando son cocidas sueltan ese sabor a camarón. La sopa no lleva el animal porque yo no pude cazarlos. Pero es sopa de camarón de río. Esta es la sopa que nosotros los pobres podemos tomar y no le envidia nada a la sopa con camarones de verdad, las dos llevan las mismas vitaminas».

Muchos años más tarde, cuando pude pagar una sopa de camarón y llegué a saborearlos, pensé que mi mamá tenía razón. La sopa de camarón de río no le envidia nada a la otra.

IVAN F. GONZALEZ

Medellín, Colombia

RECETA DE KAM LU WANTÁN

Cama de wantán frito y cerdo Char Siu en tajadas

INGREDIENTES DEL WANTÁN FRITO

- 20 cuadrados de pasta wantán
- 5 a 10 gotas de aceite de ajonjolí (sésamo)
- 4 tiras de cebollita china (parte blanca finamente picada)
- ½ libra de carne molida (puede reemplazarse con pollo, cerdo o langostinos molidos).
- ½ cucharadita de azúcar
- 1 huevo
- sal y pimienta al gusto
- abundante aceite vegetal para freír, suficiente para que cubra el wantán (no use aceite de oliva porque cambia el sabor)

PREPARACIÓN DEL WANTÁN FRITO

1. Compre la pasta wantán en el supermercado (si usted tiene tiempo de hacer la pasta en casa, se ve que tiene demasiado tiempo libre: búsquese un pasatiempo. Los seres normales compramos la bolsa de pasta wantán y vivimos felices).

2. Para el relleno, mezcle los ingredientes en un tazón, excepto el huevo, use solo una cucharadita de clara de huevo en el tazón y el resto guárdelo para pegar los wantanes.

3. Mantenga la pasta bajo una toalla húmeda para que no se seque y rellénelos uno por uno. Forme un anillo con su dedo pulgar e índice, coloque una pasta sobre su mano, centrada en el anillo. Coloque aproximadamente una cucharadita de relleno en el centro del cuadrado, sobre el anillo, aplaste un poco el relleno hacia abajo con la cuchara, sin romper la pasta.

4. Ponga un poco de huevo o agua en los bordes del cuadrado y súbalos para cerrar la entrada al anillo. Queda un poco parecido a una pelota de bádminton.

5. Fría en abundante aceite hasta que adquiera un tono amarillo dorado. Si torna color café con leche, se le está quemando.

———

CERDO CHAR SIU (1 ½ LIBRAS)

El cerdo asado es mejor comprarlo preparado. Se consigue precocido como *Char Siu Pork*. Si quiere hacerlo en casa, puede comprar una libra y media de solomillo y la marinada *Char Siu* en frasco y dejar el solomillo en la refrigeradora dentro de una bolsa plástica con la marinada por lo menos por dos horas (recomendado una noche). Luego lo puede cocinar a la parrilla volteándolo cada 8-10 minutos, untando la marinada generosamente cada vez que lo voltee. Cocínelo por aproximadamente una hora hasta que la temperatura interna del cerdo sea 145 grados Fahrenheit (63 grados Celsius). Si no consigue la marinada *Char Siu*, se puede hacer con colorante rojo, salsa hoisin, salsa de soya, miel, ajo y polvo cinco especias; busque la receta por internet. Corte el cerdo en rodajas delgadas para poner con los wantanes.

———

INGREDIENTES DE LA SALSA DE TAMARINDO

- 8 cucharadas de azúcar
- 3 cucharadas de vinagre blanco
- 1 rodajita de kion (jengibre)
- 2 cucharadas de pasta de tamarindo
- 3 cucharadas de cátsup
- 2 cucharadas de chuño (harina de papa) o maicena
- sal al gusto

PREPARACIÓN DE LA SALSA DE TAMARINDO (GASTÓN ACURIO)

1. En una olla hervimos el azúcar con el vinagre blanco, el kion (jengibre), la pasta de tamarindo y el cátsup. Si no consigue pasta de tamarindo, le sube un par de cucharadas de vinagre.
2. Le añadimos dos tazas de agua, sal, hervimos y le añadimos el chuño diluido en un poquito de agua.
3. Damos un hervor para que espese y listo.

INGREDIENTES DEL SALTADO

- 1 pechuga de pollo sin piel, en tajadas finas sazonadas con 1 cucharadita de polvo cinco especias
- 2 docenas de colas de langostinos medianos (limpios y cortados en mariposa)
- aceite de ajonjolí o vegetal (que cubra el fondo del wok o sartén)
- 5 tallos de cebollita china (parte blanca picada fina)
- 1 cucharadita de ajo molido
- ½ cucharadita de polvo cinco especias
- 1 cucharadita de jengibre picado
- 1 taza de piña fresca, pelada y cortada en cubos

- salsa de soya al gusto
- 1 pimentón rojo cortado en cuadrados medianos
- 1 cebolla roja cortada en cuadrados medianos
- 2 docenas de holantao (*snow pea*)
- 2 cucharadas de semillas de ajonjolí tostadas
- salsa de tamarindo, al gusto (unas dos tazas aproximadamente)

PREPARACIÓN DEL SALTADO

1. Poner a freír el ajo, el jengibre y la cebollita china. Revolver constantemente.
2. Poner a freír las tajadas de pollo hasta que comiencen a blanquear.
3. Adicionar los langostinos, poner polvo cinco especias y un toque de salsa de soya, siempre revolviendo.
4. Luego de un minuto, poner la cebolla y el pimiento.
5. Apenas comience a quebrar el pimiento y la cebolla todavía esté crocante, se hecha el holantao y la piña. Un minuto después, se pone la salsa de tamarindo y se mezcla. Apagar el fuego.
6. Justo antes de servir, ni un minuto antes, bañar la cama de wantán y cerdo con el saltado y espolvorear semillas de ajonjolí encima. Servir inmediatamente o el wantán se remoja y se pone blando.

KAM LU WANTÁN

Ivan F. Gonzalez

Al golpe del oro solar
estalla en astillas el vidrio del mar.

Juan José Tablada

Kam Lu Wantan
     ¿Chifa amigo?
     ¡Ven!
Acá mismo.
¡Ven amiga!
¡Ven amiguito!
Comida rica de Cantón.

Sin mentirte señor, la mejor fonda entre Cañete y Lima. Servimos bien taipá.

Acá estaciona tu Packard, señor, mi sobrino te lo cuida todo el tiempo que estés en la fonda.

Pasen, siéntense, hay ambiente familiar.

¿Si vieron? Ya les cambió la cara. Huele rico, ¿no?

Huele dulcecito. ¿No les digo? Es el chanchito asado.

¿Huelen también el ajonjolí? Bien doradito, recién tostado.

¿Acá frente a la ventana? Perfecto, con mesa mirando al mar y con vista a las barquitas de pescadores.

¿Les abro un poco la ventana para que les refresque la brisa?

¡Buena vista y buena comida, señora!

¡Qué lindo! Mira, hasta el celeste del cielo combina con tu sombrero, señora. Y en la *radiola* tocando esa voz de Tito Guízar. Ni que supieran en la radio que ustedes estaban llegando. ¡Recepción de lujo!

Hoy tenemos arroz *chaufa* con chancho, uñitas de cangrejo con langostino fritas, rollito primavera, *wantán* frito con salsa de tamarindo, lomito saltado, y el mejor *Kam Lu wantán* que hayan probado en su vida.

Sin mentirte, el mejor *wantán* de este lado del Pacífico.

No te rías, que es verdad. Mi abuelo cocina los *wantán* fresquitos a pedido. Él vino de Cantón, señora, de familia de pescadores y de cocineros.

Sí, claro, ¡sus *wantanes* son legendarios! Cuando los muerdan *la crocante* les va a poner a bailar las muelas. Van a tener un terremoto de alegría en los dientes. Sentirán en su boca el golpe del oro solar. Se los digo. Su relleno es fresquito, y cuando lo abran el vapor se les va a meter a la nariz y mmmmmmm. El aroma les va a traer memorias de puertos orientales, con muelles que huelen a dulce añoranza y a tierna cebollita china. O al menos eso dice mi abuelo, porque yo a China nunca he ido, ni sé a qué huele Cantón ni sus muelles, lo que sí sé es que a todo el mundo le encantan los *wantanes*.

Viene gente de Lima hasta acá solamente para probar los *wantanes*. Vino hace unos años el periódico y le tomó fotos a mi abuelo friendo el *wantán* y todo.

Es un maestro de los *wantanes,* mi abuelo. Con una sola mano los hace sobre la paila con aceite, con una sola mano ahí mismo los fríe.

No señor, es que mi abuelo perdió un brazo hace muchos años moliendo caña en la hacienda. Por eso usa solo una mano en la cocina. Muy bravo mi abuelo, dicen que a la semana siguiente del accidente ya regresó a trabajar. Cuando el patrón lo quería mandar al galpón a reposar, mi abuelo le respondió que «las deudas no se pagan acostado» y siguió trabajando. Bien bravo que es él, pero con un solo brazo no rendía lo mismo en la molienda. Lo sacaron del trapiche a ayudar en la casa hacienda, y allí fue donde conoció a mi abuela que trabajaba en la cocina.

Sí, señora, mi abuelo bromea que pagó un brazo para poder conocer a mi abuela. Dice que pagaría el precio de nuevo sin dudar, pero si fuera el mismo brazo, porque si es el otro brazo, con el que prepara su famoso *wantán*, otro gallo cantaría. Se lo tendría que pensar un minuto.

Apenas mi abuelo terminó su contrato con el patrón y pagó su deuda, ahí mismito se casó con mi abuela. Dicen que el hacendado lloraba en la boda como si fuera velorio. Se le iban a ir los *wantanes* y los postres, los dos el mismo día. Mis abuelos se fueron de la casa hacienda y pusieron una picantería en el mercado. Les fue tan bien que a los pocos años ya compraron este local en la playa, que antes era de quincha, barro y caña, pero ahora como lo ven está con su baldosa, columna de hierro y techo de calamina. Hasta tenemos *radiola* de baquelita y *frigider* para los helados.

Mi abuela ya falleció, pero le pasó todos los secretos de repostería a mi tía, que cocina en la fonda. Mi abuela aprendió todo en la casa hacienda, viendo cocinar a las negras ya entradas en años, de esas que adoraban al Mariscal Ramón Castilla. Mi tía, la que hace los postres, aprendió de mi abuela desde niña, viéndola cocinar acá en la fonda. Mejor dicho, acá tenemos postres de tradición, postres históricos, postres riquísimos. Recetas criollísimas, pasadas de boca en boca desde la época del virreinato, en la república, y ahora en la dictadura. Digo, disculpe, que a veces me distraigo. Tenemos una mazamorra morada más oscura que noche sin luna, y tan espesa que dobla la cuchara que le metan. Tenemos también un arroz con leche más dulce y más suave que el de monjitas del convento. Hoy tenemos también helado de lúcuma, cremoso y refrescante, para el joven, por si se les antoja.

Sí señora, este es un negocio familiar. Mi mamá trabajó acá hasta que se casó y mi papá es carpintero. Toda la decoración y los muebles de la fonda son de su mano. Mi papá es cantonés y mi mamá *tusán*. Yo salí morenito porque le salí más al lado de mi abuela. ¿O pensaste que me había bronceado mucho al sol? Es que el *tusán* de verdad viene de todos los colores. También dicen que el amor es ciego, o anda con los ojos cerrados. Aunque a veces es como que el amor abre un ojito y lo guiña, ¿no cierto? ¡Pero a lo que vamos!, que ya me estaba desviando.

Te recomiendo el *Kam Lu wantán*.

Les prometo que si lo prueban toda la vida se van a acordar. Es una cama de *wantán* y cerdito asado en tajadas, cubierta con salsa de tamarindo de verdad, y encima una nube de langostino fresquecito, saltado en aceite de ajonjolí con pollo cortado delgadito, y un toquecito de *kion* y estrellas en astillas, con piña dulce de Tumbes, *sillao* importado de Taiwán, y pimentón, cebolla y *holantao* recién sacados de la *chacra*. Para rematar: una nevada de semillas de ajonjolí.

No importa si es en cincuenta años, en otras tierras o frente a otros mares: les juro, de este plato se van a acordar. ¡Les va a saber a añoranza para toda su vida!

Con eso te digo todo.

¿Cómo?

Sí señora, te podemos traer dos vasos de chicha morada o si lo prefieres una jarra. ¡Listo! Para el señor una cerveza Cristal y una jarra de chicha morada con dos vasos para la señora y el joven. Una porción de uñitas de cangrejo y langostino, un *Kam Lu wantán* y un arroz *chaufa* familiar. Escogieron muy bien, pero dejen espacio para el postre.

Ya regreso. ¡Gracias!

ADOLFO L. GONZÁLEZ M.

Betulia, Colombia

MENCIÓN HONORÍFICA

RECETA DE FIAMBRE ENVUELTO EN HOJA DE PLÁTANO

INGREDIENTES (PARA 6 PERSONAS)

- 6 piezas de pollo o gallina, de aproximadamente 120 gr cada una, sin congelar
- 12 trozos de yuca pelada
- 6 papas medianas, peladas y cortadas en mitades
- 2 tazas de arroz
- 3 cucharadas de aceite vegetal
- 4 dientes de ajo
- 50 gr de cebolla de verdeo
- 2 cucharaditas de sal
- 30 gr de azafrán de raíz (cúrcuma) o, en su defecto, 15 gr de polvo de cúrcuma
- 1 ½ tazas de agua

MATERIALES E IMPLEMENTOS

- 4 hojas de plátano en buen estado, sanas o con moderada rotura por el viento

- 6 metros de huasca de plátano, para amarrar
- 1 olla arrocera
- 1 olla para hacer un estofado
- 1 batán o licuadora

PREPARACIÓN DEL ESTOFADO

1. Poner en la olla el aceite a fuego alto, agregar las piezas de pollo y sellarlas. Reservar el pollo.
2. Moler en batán, o licuadora, la cebolla de verdeo, 2 dientes de ajo, la cúrcuma y una cucharadita de sal.
3. Incorporar esta mezcla de aliños a la olla y revolver durante un minuto.
4. Agregar el agua, el pollo y las yucas. Hervir durante 15 minutos.
5. Incorporar las papas y hervir durante 15 minutos.
6. Ajustar la sal.
7. Tapar la olla y bajar el fuego. Hervir por 12 minutos. Dejar enfriar y guardar.

PREPARACIÓN DEL ARROZ

1. Preparar arroz tradicional en otra olla.
2. Dejar enfriar y guardar.

PREPARACIÓN DEL FIAMBRE

1. Lavar las hojas de plátano y quebrantarlas sobre el fuego sin quemarlas, tan solo modificando su elasticidad. Separarlas de su vena.
2. Formar con ellas 6 superficies de 2 a 3 capas cada una. Distribuir en ellas el contenido de la olla, equitativamente, agregar arroz y 2 cucharadas del caldo.

3. Envolver, amarrar, reponiendo o reforzando donde pueda salirse el contenido.

4. Consumir después de 4 horas, sin calentarlo, sobre la misma hoja. Puede comerse con la mano. Está permitido chuparse los dedos.

FIAMBRE DEL DÍA DE REYES

Adolfo L. González M.

Compartíamos, en masa, la casa campesina de los abuelos; allí habíamos llegado, como refugiados, después del desplazamiento por la violencia política.

En la penumbra de la cocina y alrededor del fogón de leña, cada noche, a la hora de la cena, los doce chiquillos de entre los cuatro y los trece años nos congregábamos para dejarnos arrastrar por el torrente de fantasía que la tía Pepa le imprimía a sus fabulosas historias. Aquel momento era perfecto para dejarnos llevar por la inspiración, quedábamos envueltos en una atmósfera especial: el chisporroteo de los leños, las caprichosas lenguas de fuego del fogón y las ondulantes sombras que se proyectaban en las paredes. Este escenario era lo adecuado para entregarnos a la fantasía, resistiendo el sueño y siguiendo con atención los alucinantes relatos.

Ella tenía sus versiones personales de los cuentos de *Las Mil y Una Noches*, narrativas que ella había modificado y aumentado tanto que parecían ya tener vida propia y cambiante. En esas leyendas del Oriente, Pepa incorporaba personajes locales y también espantos de la fantasía pueblerina, pero sus cuentos siempre terminaban en un desenlace positivo, «todos eran felices y comían perdices».

Recuerdo la víspera de aquel 6 de enero, Día de los Reyes Magos, día de paseo a la quebrada. Como todos los años, la tía Marina,

113

desplegando un torrente de alegría y vientos de locura, había organizado un paseo colectivo para toda la gran familia.

Con una energía incontenible, la tía dirigió la preparación del fiambre para el tradicional paseo de Reyes del día siguiente. Nos asignó las tareas tomando en cuenta las capacidades y preferencias de cada cual. Horacio debía traer papas y yucas de la huerta; María, cocinar el arroz con cebolla, manteca de cerdo y ajos; Eugenia, moler en el batán el aliño compuesto de cebollas, ajo, sal y el azafrán de raíz; yo, traer de la huerta las hojas de plátano para envolver el fiambre; Enrique, el menor, rescatar del techo la pelota de números, y Julia, la hermana mayor, traer del corral dos gallinas: la saraviada y la tuerta, ya condenadas de antemano por su baja producción de huevos. Julia trajo las gallinas, pero fue incapaz de torcerles el pescuezo, así que la tía pidió que nos saliéramos de la cocina, agregando: «Yo lo hago, pero algún día aprenderán a hacerlo, porque yo no voy a durarles toda la vida», y el fantasma de la muerte cruzó como una sombra sobrevolando el fogón.

Salimos entonces al patio, buscando no ser testigos del sacrificio o, al menos, pretendiendo ignorarlo. Al escuchar el llamado de la tía, regresamos. Todos los insumos, preparados con mucho entusiasmo y poca experiencia por cada uno de nosotros, se fueron acumulando en la mesa de la cocina, al costado del fogón de leña.

Uno por uno, los ingredientes fueron agregados al agua que hervía en la olla de barro, siguiendo la secuencia y el tiempo como solo la tía Marina sabía hacerlo. Las llamas del fogón maceraban y transformaban los ingredientes, logrando esas mezclas suculentas, aromáticas y embriagantes que liberaban sus aromas en una burbujeante danza de sabores y colores. Entonces fue Arturo, mi primo, quien pidió que la tía Pepa nos contara el cuento de aquellos dos huérfanos que fueron abandonados en el bosque por la madrastra. Se inició entonces una fantasía delirante, la pugna entre el bien y el mal, con la certeza nuestra, ingenua, de que el mal sería derrotado y, al final, el amor y la felicidad, como debería ser, serían los vencedores en la vida de aquellos dos desdichados protagonistas.

Aún flotaba en el ambiente la dulce sensación de la felicidad cuando la tía Marina, inspeccionando la olla dijo: «El fiambre está listo, apenas esté frío lo envolvemos en las hojas de plátano». Deslizó cada hoja lentamente sobre las llamas del fogón para romper su rigidez y darles flexibilidad para manipularlas, luego vino el proceso de separarlas de la vena central y cortar las láminas en rectángulos del tamaño de una hoja de cuaderno grande. Con mano maestra, distribuyó sobre la mesa dieciséis grupos de aquellos rectángulos, superponiendo trozos en cada grupo hasta lograr superficies amplias y resistentes. Fue armando con riguroso sentido de proporcionalidad los dieciséis fiambres: en cada uno de los grupos de hojas puso dos trozos de yuca, dos tajadas de papa, dos cucharadas de caldo, tres cucharadas de arroz y una presa de gallina distribuida de acuerdo con la jerarquía de cada uno de sus hijos y sobrinos, los candidatos a ir al paseo: la pechuga para los mayores y las alas para los menores. Fue entonces cuando deseé ser mayor algún día.

Ansiosos de saber en qué escala de preferencia estábamos, cada cual tomó la porción asignada. Para mí era un mérito haber pasado de muslo a contramuslo en apenas un año. Era casi como tener un grado, como aprobar un curso de la escuela.

A cada quien se le entregó su fiambre para ser amarrado con huasca hecha con tiras delgadas de la corteza seca de la misma planta. Para envolverlo, los extremos de las hojas se doblaban sobre el contenido y el extremo opuesto sobre el primero, luego el mismo movimiento transversal y, después de varios intentos, el paquete estaba listo para amarrarlo. Cada cual hizo un amarre distinto para identificarlo como propio y evitar confusiones al día siguiente.

Súbitamente, la tía Marina exclamó preocupada: «¿Alguien ha visto mi anillo? Lo dejé sobre la mesa». Buscamos la joya en el piso, bajo las sillas, en el repostero, sobre el tinajero, en las ranuras de las paredes de madera. Luego de un buen rato sin resultados, pero con un hondo sentimiento de tristeza de la tía, dimos por perdida la prenda.

Con el letargo de la noche, en la intimidad de la cocina, el día se fue acabando y adormilados fuimos saliendo para los dormitorios colectivos de los niños. Todos a la espera del día siguiente, día del ansiado paseo de Reyes.

Y llegó el día.

Antes de que el gallo cantara, la tía Marina se levantó, salió de su cuarto y como un trombón entró al cuarto donde dormíamos, empujó la puerta, levantó sus brazos y exclamó jubilosa: «Hoy es 6 de enero, todos a levantarse que nos vamos de paseo».

Toda la chiquillada saltamos de la cama al instante, nos vestimos y salimos en tropel. El día del paseo de Reyes había llegado después de tanto esperarlo.

Fuimos a la cocina. La tía Marina inició la preparación del desayuno tempranero, que consumimos de prisa, empacamos los fiambres en dos mochilas y agua de panela con limón en botellas, como refresco. Y la pelota de números, por supuesto.

Emprendimos la marcha en fila india por el sendero que serpentea por la rivera de la quebrada y después de una hora llegamos, sudorosos, al charco elegido, de aguas torrentosas y cristalinas, enmarcado por enormes piedras de granito labradas por corrientes borrascosas a lo largo de milenios. Charco del Diablo, le decían, pero lo disfrutábamos aún sin entender el sentido de tan tenebroso nombre.

Después de un prolongado chapuceo, de jugar con la pelota de números, de recoger moras silvestres, de perseguir ardillas y mariposas, y jugar a las escondidas, llegó la hora del almuerzo. Sentados en tres mantas extendidas sobre el césped, a la orilla de la quebrada, se distribuyó el fiambre a cada uno de sus dueños. Entonces se inició el momento sublime de abrirlo; y, no lo van a creer, no se lo pueden imaginar: se desprendió un aroma indescriptible, aroma de campo, de murmullo mañanero, de cálido aliento, de madre tierna, de... no sé qué. Un olor que fue sentido como producto de la alquimia de la hoja de plátano con la memoria de varias generaciones.

Comíamos con la mano, directamente de la hoja, acompañando con sorbos de refresco, sintiendo en el fondo un deleite indescriptible en medio del murmullo de la quebrada, el sordo sonido agudo de las cigarras, el latir reposado de los corazones... lo más parecido a la felicidad completa de nuestra infancia. Pero un grito seco de Jacinto deshizo el éxtasis: furioso, se levantó y escupió una pieza metálica que le había lastimado los dientes.

La tía Marina, feliz, había recuperado su anillo.

CARMELO GONZÁLEZ VÉLEZ

Tlaltizapán, México

RECETA DE PAN DE MUERTO

INGREDIENTES

- 500 gr de harina
- 22 gr de levadura
- 10 yemas de huevo
- 120 gr de azúcar
- 120 gr de mantequilla
- 120 gr de manteca vegetal
- 2 cucharas de canela o 2 de azahar o raspadura de naranja, según el sabor que se desee
- 1 taza de agua tibia
- ¼ de cucharadita de sal
- 1 huevo batido para barnizar

PREPARACIÓN

1. Deshacer la levadura en 8 cucharadas de agua tibia y agregar la harina necesaria para hacer una pasta. Formar una bola y

dejarla en un lugar de temperatura cálida hasta que doble el volumen.

2. Colocar la harina en forma de círculo y, dentro del círculo, agregar el azúcar, la sal, las yemas de huevo, la canela, la mantequilla, la manteca y la masa ya fermentada. Utilizar un cuarto de taza de agua tibia y mezclar todos los ingredientes. Amasar todo hasta que quede uniforme y la consistencia de la masa no sea ni dura ni aguada.

3. Hacer bolas del tamaño deseado, colocarlas en una lata engrasada. Dejar una porción de masa para la decoración que será la forma de huesos y lágrimas.

4. Reposar los panes aproximadamente 1 o 2 horas, según la temperatura de la cocina o hasta que dupliquen su tamaño.

5. Precalentar el horno a 190 grados Celsius.

6. Antes de meter el pan al horno, barnizarlo con el huevo batido.

7. Hornear el pan a una temperatura de 175 grados Celsius de 15 a 20 minutos o hasta que esté a punto.

AMAPOLAS DE TRIGO

Carmelo González Vélez

S e iniciaba con un volcán cernido de flores de cazahuate. Era un rito ancestral y una metamorfosis de una masa de mármol, tersa, en las manos que evocaban himnos aztecas y del conquistador.

Era el preludio de noviembre, unido al alba, y con un horizonte imponente del Popocatépetl, mientras el fuego se nutría con árbol de cubata.

Eran los días en que los hornos de tabique escarlata y de un barro fértil lanzaban humaradas al cielo azul de Morelos, donde las alfombras de cempasúchil cubrían las tumbas de nuestros ancestros.

¡Oh, creación y amalgama de tahonero diestro y de aprendiz encantando!

Fusión de soles, azúcar, mantequilla, levadura, agua tibia...

Y una explosión aromática de canela, naranja y azahar que incendiaba las manos hábiles que moldeaban la masa en los sueños nostálgicos del pasado.

Eran lágrimas derramadas en los duelos y de aquellos blancos huesos que el tiempo convirtió en polvo y que el viento desparramó por los caminos.

¡Solemne instante de simbolismos cubriendo una torta que encontraba su génesis en el trigo!

Sí, con las manos dábamos forma y decorábamos un pan que evocaba a nuestros difuntos, en el que el azúcar púrpura aludía a la vida de nuestros antepasados, con sus tiempos y con el susurro de sus sueños.

¡Oh, recuerdos de mi abuela, sabia en olores y sabores, que guiaba las celebraciones como aquella del Día de Muertos!

¡Oh, bellos recuerdos de mi infancia!

Era el pan rojo, o aquel de color oro, que el calor del horno cocía y que, en mi niñez, yo deseaba comer antes que lo hicieran los santos difuntos.

Eran las noches oscuras y de velas encendidas las que me movían al hurto de ese pan de aroma delicioso. Las amenazas de tener que enfrentar a aquellos muertos coléricos que me iban a jalar de los pies no me intimidaban; tampoco me arrebataban el deseo de saborear aquellas apetitosas hojaldras.

¡Oh, las mesas generosas de mi abuela, decoradas con pan bueno!

¡Oh, sahumerios con copal, donde giraba el ciclo de la vida y de la muerte!

¡Oh, nostalgias y recuerdos donde el pan de muerto era deleite, tanto para los presentes como para los ausentes!

CLAUDIA ELENA HERNÁNDEZ OCÁDIZ

Ciudad de México, México

RECETA DE CEVICHE DE PESCADO

INGREDIENTES (8 A 10 PORCIONES)

- 6 filetes de tilapia o pescado blanco, sin espinas, semicongelados y crudos
- 20 camarones semicongelados, pelados y crudos
- 3 jitomates bola
- ¾ de cebolla morada
- 6 chiles serranos desvenados
- 1 taza de jugo de limón verde
- ¼ de taza vinagre blanco
- 1 mango ataulfo[1]
- 20 almendras
- ¾ de manojo de cilantro
- 1 pieza de aguacate grande
- 2 cucharadas de sal de grano (de mar)
- 2 cucharadas de orégano seco
- 2 cucharadas de aceite de oliva extra virgen
- salsa cátsup, al gusto
- salsa valentina, al gusto

PREPARACIÓN

1. Cortar en cubos de 5 milímetros los filetes de pescado y los camarones. Colocarlos en un refractario de vidrio o cerámica hasta formar una cama uniforme.
2. Filetear la cebolla en rodajas delgadas y agregar al pescado.
3. Desvenar y picar finamente los chiles. Agregar a la mezcla.
4. Picar las almendras en trocitos. Agregar a la mezcla.
5. Esparcir la sal, el orégano previamente pulverizado en las palmas de la mano, el jugo de limón y el vinagre. Verificar que los líquidos cubran a la cama de pescado para lograr el marinado. Revolver suavemente hasta que se integren con los demás ingredientes.
6. Cubrir la mezcla con un plástico adherente. Dejar reposar en el refrigerador de 2 a 3 horas hasta que el pescado y los camarones adquieran un color blanquecino y suelten un líquido lechoso.
7. Picar los jitomates, el mango y el aguacate previamente lavados en cubos de 5 milímetros. Reservar por separado.
8. Picar el cilantro finamente y reservar.
9. Una vez que se hayan marinado/macerado el pescado y los camarones, sacarlos del refrigerador y dejarlos a temperatura ambiente.
10. Agregar la salsa cátsup, el aceite de oliva, la salsa valentina y revolver suavemente hasta que se integren.
11. Agregar uno a uno el jitomate, el mango y el cilantro revolviendo suavemente hasta que queden integrados.
12. Incorporar el aguacate cuidando de mantener su consistencia.
13. Servir sobre tostadas, totopos u hojas de lechuga.

---

1. Se puede utilizar jícama o pepino en lugar de mango, o agregársela al mango.

DÉJALOS QUE HABLEN...

Claudia Elena Hernández Ocádiz

E xisten imágenes que pueden, o no, alojarse en la memoria, pero hay sabores que se anidan para siempre en el alma.

Recuerdo que cuando era niña, un día llegué a casa corriendo y bañada en lágrimas. Al entrar, tropecé con un canasto atiborrado de limones que salieron volando junto a mí. Cuando me levanté del suelo vi a mi padre concentrado en la cocina cortando cubitos de pescado y camarón. Al notar mi presencia, mi padre se apresuró a limpiarse las manos y sin mediar palabra me abrazó con fuerza. Luego sacó un pañuelo de algodón y secó los lagrimones que resbalaban por mis mejillas.

He de haber tenido unos cinco años, lo sé bien porque aún tenía los dientes que vienen cimentados con la inocencia de la niñez. Sin parar de gimotear, le conté a mi padre que una niña con vestido de holanes y caireles rubios se había burlado de mí enfrente de otros niños gritándome que yo era el diablo porque escribía mi nombre con la mano izquierda.

—Debí haberle tumbado los dientes —refunfuñé apretando los puños.

—No hagas caso —dijo papá con voz de terciopelo—. Seguramente esa niña no sabe que hay formas de expresar quién eres y lo que vales sin tener que escribir tu nombre. A la ignorancia hay que combatirla con imaginación, no con violencia —afirmó, mirándome a los ojos.

En aquel momento no entendí sus palabras. Mi corazón gemía lastimado.

—¡Acércate! —me invitó papá, mientras colocaba en mi mano un montoncito de lo que me pareció eran pequeños diamantes. Luego tomó uno y lo colocó con suavidad entre mis labios—. ¡Pruébalo! Deja que se disuelva hasta que se te haga agua la boca. Es sal de mar. Verás cómo de esa carita triste te saldrá una dulce sonrisa que recordarás por siempre.

Enseguida se dirigió hacia la sala de donde regresó con una caracola de mar que habíamos traído de un viaje a la playa. La acercó a mi oído y me indicó que cerrara los ojos y que la sostuviera así hasta que escuchara los arrullos del mar.

Atrapada por las sensaciones que había descubierto al escuchar los misteriosos ecos que salían de aquella caracola, me aproximé al trajín de la cocina. Mi padre tarareaba una y otra vez una canción que hablaba de una «vereda tropical». Sin dejar de cantar, me puso un mandil de cuadritos blancos y rojos y me colocó sobre un banquito a su lado. Juntos colocamos uno a uno los trocitos de pescado y camarón en una charola. Entre risas y cantos, estrujamos un montón de limones cortados en mitades, salpicando aquí y allá hasta cubrir nuestro manjar. Un perfume de fresca brisa se había apoderado de aquel lugar.

—Ahora, ¡los ingredientes secretos! —anunció mi padre con aire triunfal—. Esparce bien los granos de sal para que todos los sabores vayan soltando como el sereno en la espuma del mar. Un chorrito de vinagre y otro de aceite de oliva acentuarán las virtudes de cada ingrediente. Una pizca de orégano liberará los misterios del corazón. Deberás frotarlo con las palmas de tus manos hasta que percibas una cálida fragancia salir de su interior. Cebollita morada y chiles fileteados, elementos de vida que no deberán faltar.

—¿Qué sigue? —pregunté curiosa.

—¡Déjalos que hablen! —replicó en tono juguetón.

—¿Para qué?

—Para que el tiempo haga su parte.

Pasamos aquella tarde entre algarabías, aromas y armonías: innumerables ¡pas!, ¡pas!, ¡pas!, y ¡crunch!, ¡crunch!, ¡crunch! surgieron de jitomates, cilantros y aguacates bajo el embrujo de los filos de metales y el encanto de aquella vieja melodía:

«Voy por la vereda tropical,
la noche plena de quietud,
con su perfume de humedad...»

—No importa qué más agregues —señaló mi padre, mientras mezclábamos todos los ingredientes—. Cuando cocines, déjate llevar por tu imaginación. Siempre tendrás el poder de transmitir quién eres y de dónde vienes sin necesidad de usar palabras. No lo olvides.

La magia que mi padre creó para mí en aquella ocasión no solo logró borrar la frustración de un llanto amargo, sino que también me trajo una de las alegrías más esperadas para una niña de mi edad: junto con el crujido del primer bocado de aquel ceviche, dejé escapar un chillido de felicidad mientras brincaba de un lado a otro.

—¡Mira, papá! ¡Mira, papá! ¡Me salió un pedacito de mar!

—¡A ver! —exclamó fascinado.

Cuál sería nuestra sorpresa al descubrir que aquel «pedacito de mar» que extraje de mi boca era nada menos que mi primer «diente de leche» bañado en un hilo de sangre. No sabía que aquella sería la última vez que cocinaría con mi padre.

Muchos años habrían de pasar después de que reviviera aquel inolvidable momento. Los zarandeos de la vida, como las idas y venidas del mar, me habían llevado a desplazarme de México a los Estados Unidos. A pesar de que mi piel había perdido la lozanía de antaño y carecía del dominio del idioma anglosajón, aún tenía muchas ganas de salir adelante. Un día me armé de valor y acudí a pedir trabajo en un consorcio comercial. El dueño de la compañía, un hombre corpulento y ya entrado en años, me recibió en su oficina. Noté que su mirada álgida bajo un grueso cabello entrecano estilo militar me escudriñaba detenidamente. Su interrogatorio, escoltado de solemnes erres se me antojó intimidatorio, casi marcial. Con el miedo atado a la punta de la lengua respondí a sus preguntas con un inglés más mordisqueado que una mazorca de maíz. Al final de la entrevista, el hombre permaneció observándome en silencio con las manos entrelazadas mientras yo esperaba el veredicto. Pasados unos minutos, salí corriendo con el entusiasmo a flor de piel: ¡había conseguido el trabajo! Sumida en la euforia de mi logro, no había encontrado las palabras adecuadas para darle las gracias.

Tiempo después, mientras almorzaba en la cafetería del consorcio, me topé con un cartelón en la pared en el que se invitaba a los empleados a que lleváramos un platillo de nuestros países de origen para compartir en un convivio. En la lista figuraban fideos chinos, *pad thai* de Tailandia, *tikka masala* y curry de la India, *kebabs* de Iraq, *holubtsi* de Ucrania y *brigadeiros* de Portugal, entre otras delicias. Todo un festín, pensé, mientras me relamía los labios. Cuando anoté mi nombre y el de México, un desfile de guisados apareció en mi cabeza disputándose el privilegio de ser elegidos: cochinita pibil, tamales, mole, pozole... En esas estaba cuando Ping, una menuda y simpática mujer de rasgos asiáticos, se aventuró a hacerme una petición.

—¡Qué bien! Seguro traerás burritos rellenos de arroz, queso amarillo y chili, ¿no es verdad?

—¡Sí! ¡Sí! ¡Queremos burritos y nachos! —corearon otras voces.

—¡Yo prefiero Margaritas! —gritó Nathan desde un rincón del salón.

Apenas iba a articular mi primera palabra para explicar que aquello que mencionaban no era auténtica comida mexicana cuando una esbelta mujer de ojos de acero y cabello dorado, que yo no conocía, se detuvo frente al cartelón haciendo sonar sus tacones con firmeza. Apenas escuché su vocecilla chillona sentí un latigazo de fuego hirviéndome en el estómago.

—¡*Puff*! ¡Qué asco! —expulsó con una mueca de repugnancia—. ¡La comida mexicana es nauseabunda! —continuó con desdén—. Es escandalosa, grasienta y apestosa al igual que esos... esos *Spaniards* que se reproducen por millones en California. Yo por eso pedí mi transferencia de Los Ángeles a Seattle...

Un silencio asfixiante se apoderó de aquel recinto. Sentí una veintena de miradas sobre mí, incluida la mía, esperando una reacción. Con la rabia amarrada en un nudo me limité a menear la cabeza, morderme los labios y apretar el puño con fuerza antes de anotar el nombre del platillo que llevaría al convivio.

Esa misma noche me dispuse a hacer una lista de lo que necesitaría para revivir aquella experiencia de mi niñez. Me di cuenta de que no tenía la receta. Lloré como una niña al percatarme de que echaba de menos a mi padre muerto.

Cuando el día del festejo llegó, una mezcla de entusiasmo y nerviosismo se apoderó de mí. «¿Y qué si no les gusta?», me pregunté ansiosa. Había agregado de último momento unos tintes de salsa *Valentina*, almendras en trozos y cubitos de mango fresco. En cuanto llegué al comedor serví todo en un platón de cerámica blanco junto con un pilar de tostadas. A un lado, un letrero que decía «ceviche de pescado».

Los horarios de descanso y almuerzo variaban para el más del centenar de personas que laborábamos allí. Pasados unos minutos, divisé al dueño dirigirse con prisa hacia donde yo estaba. En un santiamén sentí su respiración entrecortada tras mi espalda. Presentí que había cometido un error y que venía a regañarme como otras veces. Escuché la impaciencia de sus dedos tamborileando sobre un mostrador esperando a que yo terminara de atender a un cliente.

—¡Oh, Clara! —exclamó con una dulzura inusual. Advertí que el verde de su mirada parecía fundirse en su propio brillo antes de proseguir—. ¡Eres maravillosa! Solo vine a decirte que este es el mejor ceviche que he degustado en mi vida. No tengo palabras para describir los sentimientos que tu platillo ha despertado en el interior de mi corazón. Lo recordaré por siempre. ¡Muchas gracias! —concluyó sonriendo y deteniéndose en la che y remarcando la erre de sus primeras palabras en español.

No pude más que asentir con una inclinación de cabeza, esperanzada de que el rubor de mi sangre no se viera reflejado en mis mejillas. Era la primera vez que veía sonreír a mi jefe y, sobre todo, que recibía un halago de esa naturaleza.

Poco a poco, mis compañeros de trabajo se fueron acercando a mí para dejarme toda clase de comentarios. Hubo desde quienes dijeron que les había encantado, hasta los que me atosigaron con toda clase de preguntas: «¿Qué le pusiste? ¿Cómo logras alterar el punto entre lo crudo y lo cocido? ¿Me das la receta?».

Aleks Dimitriv me regocijó con sus elogios.

—Tiene el sabor de la noche frente al mar. La dulzura de fruto maduro a punto de ceder. Textura sublime, tentación para el paladar. Colores que danzan ante deseos contenidos por tener más...

Ryo en cambio fue más allá.

—¿Cómo logras que un platillo sea fresco, picoso, crujiente, ácido y dulce a la vez? Es como la personalidad de los mexicanos, ¿verdad?

—¿Cómo es eso? —pregunté intrigada.

—¡Sí! ¡Sí! —contestó riendo—. Alegres, dicharacheros, sugerentes, entregados. ¡En fin! Capaces de sorprender al mundo haciendo de lo sencillo algo extraordinario. ¡Son admirables!

Esa noche cuando regresé a casa decidí escribir la receta de mi padre como un tributo a su legado. Porque hay imágenes que pueden o no quedar en la memoria, pero hay sabores que se anidan por siempre en el alma.

BAUDELIO LLAMAS GARCÍA

Lázaro Cárdenas, México

RECETA DE CECINA

INGREDIENTES

- carne seca
- 2 jitomates rebanados
- ½ cebolla rebanada
- huevos, al gusto
- 6 o 7 chiles de árbol
- 2 dientes de ajo
- 1 pizca de pimienta, lo que agarres con tres dedos
- 1 pizca de comino, lo que agarres con tres dedos

PREPARACIÓN

1. Asar la carne seca.
2. Machacarla, puede ser con la piedra de un molcajete.
3. Dorar la carne o guisarla con aceite.
4. Agregarle el jitomate y la cebolla.
5. Agregar huevos al gusto.

6. Moler en la licuadora los chiles de árbol, el ajo, la pimienta y el comino con tres vasos de agua.
7. Colar la salsa y colocarla en el guisado.
8. Agregar sal al gusto.

CECINA PARA APORREADILLO

Baudelio Llamas García

L a historia aquí narrada fue notable. Desde donde le alcanza la memoria, Antonia recuerda que de niña su padre se dedicaba a vender carne seca que a veces intercambiaba por despensa o por cualquier producto comestible, pues para comprar víveres y otros satisfactores se debía viajar a pie hasta ocho días desde el rancho. Al ir a comprar la ropa para ella y su familia, también aprovechaban para comprar despensa. En aquel entonces, a esa corta de edad no se iba a la escuela. Por muchos años su vida transcurrió así, hasta que se casó.

Pero llegó un tiempo en el cual, para poder sobrevivir, Antonia retomó el oficio de su padre, a quien había ayudado desde que tuvo aptitud física para ello. Aprendió a hacer cecina con la carne. Su esposo vio que era buen negocio vender carne de res fresca y decidió ingresar a ese oficio. Ella le enseñó todo lo que había aprendido de su progenitor.

La escasa carne que no lograban vender la ponían a secar para evitar que se echara a perder y eventualmente venderla. Con ella se hacía esa exquisita comida, que era una deleitosa especialidad de Antonia. A menudo la cocinaba. A ese olor y a ese sabor nadie podía resistirse.

Tras la muerte de su esposo, se la llevaron a los Estados Unidos. Ahí vivía con su hijo, en un país extraño con un idioma diferente. Añoraba todo lo que había dejado atrás y, sobre todo, lo que se comía en el rancho. Y más aún, aquel delicioso platillo. La acometían intensas ganas de probarlo, pero en las tiendas de esa ciudad no había carne seca. Ella sabía cómo secarla, así que un día le pidió a su hijo que la llevara a comprar carne fresca. La hizo cecina, dejando bien delgadito el corte; la cubrió con sal y la sacó a asolear. Pero el lugar de exposición al sol era la cerca que compartía con su vecina, quien dormía en ese momento.

Al despertar y salir al patio, la vecina vio la carne alrededor de la cerca y, decidida, la quitó de allí con una escoba. Antonia vio la escena y, muy aprisa, salió haciéndole señas de no, que no la tirara, que era para comer. Si bien la vecina comprendió la intención de las señas, arrugó la cara, como queriendo expresarle tantas palabras quizá nada encomiables. Su vecina era norteamericana y la «invasora», una mexicana recién llegada que no hablaba inglés.

Como era muy difícil entenderse y la expresión oral de los idiomas se nulificaba, se comunicaban a puras señas. Mediante ademanes, Antonia le decía que cuando la carne estuviera seca le iba a dar un poco para que la probara. Pero la vecina nuevamente arrugaba el rostro.

Así pasaron unos días. Por las mañanas, Antonia sacaba la carne a asolear y poco antes de anochecer la retiraba, para evitar que se mojara con el sereno, ya que si la dejaba fuera en la noche se echaría a perder y de nada serviría todo el proceso.

Todos los días la revisaba con minuciosidad antes de ponerla en el refrigerador. Por fin, la carne estuvo seca y Antonia preparó esa apetitosa vianda. A pesar de que por días la carne en la cerca incomodó a su vecina, Antonia tomó un plato de comida y lo llevó al domicilio colindante. Tocó en la puerta y abrió la vecina, quien miró el exótico platillo. El olor era tan rico que se animó a recibir el plato y comenzó a olerlo.

Antonia le hizo señas para comunicarle que era la carne que había colocado en la cerca. Con curiosidad, no exenta de cautela, su vecina comenzó a probar ese platillo especial que tanto le había extrañado. Antonia olvidó los malos modos previos y la mujer dejó de arrugar la cara. Cuando en su paladar las papilas gustativas se deleitaron con ese exquisito y sabroso manjar, la cara de felicidad de su vecina fue tal que terminó el platillo y le pidió más. También la autorizó a poner más carne a secar. Se hicieron grandes amigas.

La buena gastronomía puede constituir un excelente puente de comunicación. El nombre de ese enigmático producto culinario es el aporreadillo. Ella, la que lo cocina sabroso, es mi abuela, y aún se comunica con su amiga la vecina a señas.

TERESA LUENGO CID

Valladolid, España

MENCIÓN HONORÍFICA

RECETA DE PAELLA MIXTA

INGREDIENTES (4 RACIONES)

- 1 taza de arroz para paella (de grano redondo o bomba)
- 4 muslos de pollo
- 2 longanizas de chorizo
- 100 gr de gambas frescas peladas
- 100 gr de calamares
- 8 almejas
- 8 mejillones
- 1 cebolla
- 1 pimiento rojo
- un puñado de guisantes
- 2 tazas de caldo de pescado o pollo
- 1 diente de ajo grande
- 3 tomates medianos
- 6 hebras de azafrán
- sal y pimienta
- perejil
- aceite de oliva
- limones

PREPARACIÓN

1. Limpie bien los calamares y píquelos en ruedas.
2. Limpie el pollo y quítele la piel.
3. Corte la cebolla, los pimientos y el tomate en cubos pequeños. Corte el chorizo en láminas finas.
4. En una sartén para hacer paella (conocida como paellera), ponga el aceite de oliva y fría la cebolla, el ajo, el tomate y el pimiento picado en cubos.
5. Agregue el pollo y cocínelo hasta que se dore ligeramente por todos lados. Agregue entonces los calamares y cocínelos hasta que se pongan blancos.
6. Agregue la taza de arroz, revuelva un poco y vierta encima el caldo de pescado o de pollo (la cantidad del caldo es siempre el doble de arroz, para una taza de arroz debe usar dos de caldo).
7. Póngale sal y pimienta al gusto y el ajo machacado y mezclado con el azafrán.
8. Apenas rompa a hervir, agregue el chorizo en rodajas, los guisantes y el perejil picado. Mezcle bien y deje que se cocine.
9. Cuando se vaya absorbiendo el caldo, baje el fuego al mínimo y deje que se cocine. Cuando pasen unos 15 minutos, añada las gambas frescas, las almejas y los mejillones.
10. Deje que se cocine unos 20 minutos en total. Revise el grano de arroz y, si lo pide, agregue un poquito de caldo.
11. Cuando los granos de arroz estén bien hechos, apague el fuego y deje reposar 5 minutos.
12. Ponga las rodajas de limón por encima a modo de decoración.

PAELLA: MANDALA DE RECUERDOS

Teresa Luengo Cid

G uardo un amasijo de recuerdos culinarios sobre la paella. Si hubiera de resumirlos todos en una frase, o intentar encontrar el común denominador, creo que al igual que la perfecta forma simétrica de la paellera serían redondos, en torno a la eternidad y la fraternidad, generosos y sociales, motivados por un afán de juntarse y de compartir. Serían reminiscencias que van más allá de lo que significa sentarse a comer, serían dádivas de memorias y de encuentros, círculos de amigos y familiares, reunidos, rodeando al unísono la paellera, como si fuera un mandala aromático, compuesto de mil escenas de arroz y de colores.

Mi primera experiencia con la paella fue, nada más y nada menos, que en el Levante español, cuna de este suculento plato. Fuera de España, la paella está considerada como el plato nacional por excelencia, pero dentro de la península ibérica está más concretamente catalogada como un plato regional, típico y autóctono de la Comunidad Valenciana.

Fue precisamente en la mismísima huerta valenciana, y en plena naturaleza, donde tuve el gran gusto, nunca mejor dicho, de degustar la primera y más auténtica paella que jamás haya entrado en contacto con mi paladar, al lado de mi familia y nuestros amigos valencianos, el tío Lenin y la tía Vicentica.

Rondaba el mes de octubre de los años ochenta, el primer mes en el que mi papá conseguía librarse de sus responsabilidades y disfrutar de un merecido descanso junto a su familia tras el largo verano y la ardua labor de recoger la cosecha de cereal en Castilla.

Nos encaminábamos al Mediterráneo, destino Guardamar del Segura, Alicante, pero no antes sin haber planeado hacer un alto en el camino en casa del tío Lenin, un querido amigo de mi padre con quien había pasado los años de la mili, como le llamaba al servicio militar, destinados en Jaca, provincia de Huesca, parte del Pirineo aragonés.

La parada obligada y muy especial, de camino a la playa, fue en el pueblo de Buñol, provincia de Valencia, famosísimo a nivel internacional por la celebración de la Tomatina, una batalla campal a base de tomates, que se lleva a cabo cada año el último miércoles del mes de agosto, y donde el pueblo entero se lanza ciento cincuenta toneladas de tomates. Este ancestral ritual reúne a vecinos, curiosos y forasteros y es, sin duda, un atractivo turístico que garantiza diversión y horas de expansión al aire libre, incluyendo una buena dosis de mascarilla natural de tomate para nutrir el cuerpo entero.

Nosotros no llegamos a tiempo para arrojar tomates, pero sí los degustamos en combinación con los demás ingredientes que componen la paella, un cóctel de sabores sin igual. ¡No pudimos, de ninguna manera ni por ningún motivo, rehusar la invitación del tío Lenin!

Nada más llegar a su casa, él y la tía Vicentica nos avisaron de los maravillosos planes que se nos avecinaban.

—Mante,[1] vais a ver lo que es una paella de verdad.

Y ciertamente, la introducción se quedó corta. Mi papá adoraba a su amigo Lenin, un hombre sincero y de muy buen talante, que nos hizo sentir como de su propia casa y tierra al instante. De su bendita y fresca huertecita, vergel de verduras, manaban los ingredientes para la elaborar la perfecta e inigualable paella valenciana: cebollas, judías verdes, garrofón, tomates y tomillo, que se usarían para dar sabor, junto al aceite de oliva, al conejo y al pollo. El arroz redondo de grano grueso, ingrediente indispensable, provenía de la cercana Albufera de Valencia, una laguna con entrada al mar, ecosistema que permite el cultivo de ese grano desde hace cientos de años.

Pero si hay un secreto que consiga darle el toque mágico y distintivo a la paella, que la aromatice, la tiña de un amarillo brilloso apetitoso y la haga digna de ser considerada manjar de reyes, es ese ingrediente estrella: el azafrán. El azafrán, del persa «zar» —oro— y «par» —plumas o estigmas—, es conocido como el oro rojo, pues para conseguir elaborar un kilo se necesitan más de 250,000 estigmas y pistilos secos, que traducido a moneda representa unos 8,000 euros, o lo que correspondería a $9,000 dólares estadounidenses.

La paella se tardó un buen rato en cocer y, cuando estuvo lista, todos nos arremolinamos alrededor de la paellera para, como mandan los cánones del lugar, comer directamente de ella. De esa tierra fértil y generosa de Valencia, la madre naturaleza no solo nos obsequió con el regalo inolvidable de celebrar ese día con nuestros amigos, que nos habían invitado a probar la primera y más genuina paella, sino que además nos concedió un presente de por vida.

De aquella remembranza heredamos una tradición familiar: cocinar paella en la casa familiar del pueblo los domingos estivales. Aquel fue un tiempo que recuerdo con especial añoranza. Nos juntábamos, la familia entera, en la casa del pueblo que se convertía en albergue de todos y para todos.

Era en el corral de la casa de Torre donde mi papá, que era experto en armar artilugios, improvisó un fogón para cocinar paellas cortando y soldando un bidón de gasolina. De esta manera, la llama se extendería por toda la paellera y el arroz se cocería de forma uniforme, así como debe de ser y como Dios manda. Mi papá, que era un as del ingenio, siempre daba una utilidad inusual a trastos y armatostes y, como mi abuelo, de oficio carpintero, igual diseñaba muebles que arreglaba bicicletas, radios o máquinas de coser.

En este caso, y como no contábamos con un fuego de gas lo suficientemente grande para cubrir la superficie de la paellera, el bidón le vino como anillo al dedo, cumpliendo así con tan crucial cometido.

El domingo era el único día de la semana que podíamos darnos el lujo de cocinar algo con calma y contar con la ayuda de una lumbre como las de antaño. Nos dábamos cita después de la obligada misa dominical, a la que acudíamos al llamado de las campanas, y de la tradicional ruta del vermut, que consistía en tomar un chisme y unas raciones de tapas por los tres o cuatro bares del pueblo, para no perder la costumbre de ponerse al día de lo que por allí acontecía.

Todos reuníamos la leña y cuando las brasas estaban listas, mi hermana Rita, que era la cocinera por excelencia, empezaba a condimentar el arroz sofriendo primero las cebollas y las verduras en el aceite de oliva. Mientras tanto, poníamos los tomates a hervir para quitarles los pellejos y dejarlos suavecitos y tiernos. A continuación, machacábamos los ajos concienzudamente en el mortero de madera para mezclarlos con las hebras de azafrán, al que sacábamos el jugo y la esencia a fuerza de golpes, parte del ritual de cocina casera milenaria.

No faltaban el perejil, las judías verdes, los guisantes y los pimientos que daban un toque multicolor al sabroso guiso de mezcolanzas. Para sazonar el suculento caldo de la paella, se cocinaban el pescado y los mariscos aparte: rape o merluza, almejas, gambas y calamares. Una vez hervidos, con ellos se rociaba la paella y se inundaba de esencia el arroz. El ver bullir los granos en este caldo, casi con propiedades mágicas y curativas, iba más allá del placer de la vista: era una experiencia única, un culto...

Hoy que mis padres ya no viven, que la casa del pueblo se vendió y cada quien hizo su vida, me doy cuenta de que este ritual fue parte de lo que nos unió como familia. Y no puede faltar en este retrato de aquellos tiempos pasados el corral donde jugaban mis sobrinos, los perros mastines que nos cuidaban la casa, y la piscina.

Gracias al acopio de experiencias y a las numerosas veces que cocinamos paella en mi casa, mis amigos del pueblo me declararon «la chef». Me acuerdo de que hacíamos la colecta para compartir los gastos de los ingredientes y nos íbamos al prado para hacer un fuego en la arboleda y quedarnos hasta las tantas contando historias y tomando cerveza. Una vez se nos hizo tan tarde que hasta nos quedamos sin luz y tuvimos que recurrir a los faros de un coche para poder acabar la fiesta culinaria. Y en la penumbra de ese atardecer calciné la paellera de mi madre. Para aquella empresa de recuperación de este utensilio de cocina tan preciado me tocó hacer uso de las «nanas», estropajos de níquel con los que se rascaban las cazuelas allí donde los normales, no metálicos, hubieran fallado en limpiar los restos de comida. Froté y eché la gota gorda sacando de la paellera costras, negruras, pedazos de arroz incrustados, sudor y lágrimas, hasta que medianamente pude convencer a mi mamá de que no había echado a perder su paellera.

Sin embargo, esta malaventura me sirvió de algo. Nunca más volví a dejar desatendida o en la oscuridad una paella ofrecida a mis amigos o familiares. Todos por lo general han sabido apreciar y agradecer las muestras de cariño y precaución. Y entre ellos se cuentan mis familias adoptivas francesa y alemana, mis alumnos de las clases culinarias en California, mis camaradas japoneses... y creo que, por último, mis amigos americanos y latinos del estado de Washington, entre ellos mis queridos colegas escritores de Seattle Escribe, a quienes comparto esta tradición con la esperanza de que la próxima paella que prepare lleve impregnada la amistad y les sepa a gloria, una gloria destilada con el tiempo y los recuerdos cocinados a fuego lento, y con un denominador común: el amor y la fraternidad.

---

1. Palabra en valenciano que se usa muy frecuentemente y de forma coloquial para llamar cariñosamente a la gente.

JOSÉ LUMORE

Mazatlán, México

RECETA DE CALDILLO DE PAPA ESTILO SONORENSE

INGREDIENTES

- 2 chiles poblanos (se puede usar también chile morrón verde si se quiere evitar el picante)
- 1 cebolla blanca pequeña medianamente picada
- 4 papas medianas de cáscara delgada, cortadas en cubos medianos
- 1 tomate mediano, finamente picado
- 1 litro de consomé de pollo
- 1 cucharadita de orégano
- 8 ramitas de cilantro picadas
- ¼ kg de queso fresco o panela, cortado en cubos medianos
- 1 vaso de leche
- sal y pimienta, al gusto

PREPARACIÓN

1. Se asan los chiles en un comal a fuego alto; voltearlos cada 5

segundos hasta que toda la piel quede ampollada y de color negro. Una vez que estén bien tatemados, se meten dentro de una bolsa de plástico y se cierra para que la piel de los chiles termine de ablandarse en su propio vapor.

2. Después de 3 minutos, sacarlos, pelarlos, desvenarlos y quitarles las semillas. Cortarlos en rajas pequeñas y apartarlos.

3. En una olla con aceite, y a fuego medio, sofreír la cebolla hasta que esté traslúcida. Añadir los cubos de papa y cocinarlos, evitando que se doren.

4. Añadir el tomate y sancocharlo un par de minutos con la cebolla y las papas.

5. Añadir el caldo de pollo a la olla con la cebolla, el tomate y las papas. Agregar la pizca de orégano y el cilantro.

6. Cuando empiece a hervir, disminuir el fuego y añadir las rajas, sal y bastante pimienta.

7. Una vez que las papas estén bien cocidas, pero antes de que empiecen a desbaratarse, apagar el fuego y verter, poco a poco, el vaso de leche mientras se revuelve la sopa. Taparla por unos minutos.

8. Al momento de servir, se añaden los cubos de queso a cada plato (si se desea, también se pueden añadir cubos de aguacate).

9. Se recomienda acompañar la sopa con totopos de maíz o tortillas de harina, a elegir.

OPCIÓN VEGETARIANA

1. Añadir a la receta una papa pequeña más y sustituir el caldo de pollo por un litro de agua con un par de cucharadas de aceite de oliva.

2. Dejar hervir el agua hasta que las papas estén bien cocidas, pero antes de que se desbaraten retirar la mayoría y dejar hervir unos cuantos cubos (el equivalente a una papa pequeña) hasta que se desbaraten, para que le den sabor al caldo.

3. Agregar el resto de las papas de nuevo y continuar con el resto de la receta original.

4. Si se requieren más proteínas, agregar una taza de garbanzos cocidos junto con la papa.

CALDILLO DE PAPA

José Lumore

Cada vez que mi tía Ana María llegaba de visita, era un acontecimiento. Pasaba por el pueblo al menos dos veces al año, casi siempre durante las vacaciones de verano: una de camino a Jalisco, a ver a la familia de su esposo, y otra cuando iba de regreso a Hermosillo.

Era la única prima de mi madre, pero más que primas se veían como hermanas, pues pasaron juntas gran parte de su niñez. Años después, ya que mi abuela y mi madre se habían mudado a Guadalajara, mi tía vivió con ellas mientras cursaba la preparatoria y su carrera profesional. De ahí salió para casarse.

Mi tía no acostumbraba a llegar de visita con las manos vacías: siempre cargaba con coyotas de Hermosillo, carne de machaca de Pueblo Yaqui o tortillas de harina de Ciudad Obregón. Además, tenía la costumbre de parar en el camino a comprar cosecha de temporada: toronjas, elotes, calabazas o chilacas. Nosotros le correspondíamos con comida de la región: guayabas del árbol de la casa, mangos de Escuinapa, ciruelas secas de Aguascalientes o tronchos de *marlin* ahumado.

Decir que la tía Ana María era amante de la buena comida no sería ninguna exageración. Y por buena comida no hablo de esa «comida gourmet», que está tan de moda hoy en día, sino de platos sencillos, pero bien preparados: comida casera, sabrosa, de esa que nutre cuerpo y corazón. Trabajaba de tiempo completo como enfermera en el Hospital General de Hermosillo, pero, como buena ama de casa, se las arreglaba para preparar a diario las comidas familiares. Incluso cuando empezaron a ponerse de moda las famosas «cocinas económicas», se negó a tomar el camino fácil, aunque solo cocinara para ella y «su gordo», mi tío Sebastián.

Eso sí, como tenía poco tiempo, no se complicaba la vida tratando de preparar recetas rebuscadas. Sus platillos eran sencillos, pero sabrosos, sus métodos rápidos y eficientes. Intercambiaba recetas fáciles y prácticas con sus comadres y compañeras del trabajo, una red subterránea de cocineras aficionadas en búsqueda de variedad que sería la envidia de cualquier canal televisivo de cocina en la actualidad. Recetas iban y venían de boca en boca, casi siempre por teléfono, desde San Cristóbal de las Casas hasta San Francisco, desde Coatzacoalcos hasta Chicago. Muchas veces, por la premura de la larga distancia, se omitían dar pasos específicos o cantidades exactas, pero había frases culinarias que cada miembro del grupo sabía descifrar: «salpimentar», «cocinar hasta que esté tronadora» y «sazonar al gusto» eran interpretados por cada una a su manera, impartiendo así un sabor peculiar al mismo guiso.

Mi madre era la gran beneficiaria del saber culinario de mi tía. Aunque nunca le gustó tanto la cocina como a su prima hermana, también llegó a ser buena para la cuchara. Pero su principal problema, en aquellos primeros años de matrimonio, era su repertorio limitado: casi siempre comíamos sopa de fideos, pollo en arroz volando, hígado encebollado, chuletas de puerco o bistec a la parrilla. No le salían mal, pero de tanto comerlos terminé por odiarlos, en especial la sopa de fideos que servía de rigor al inicio de cada comida.

En el pueblo no teníamos más familia que la de mi padre. Sus hermanas, que apenas empezaban a aceptar a mi madre, eran muy celosas con sus recetas familiares. Tampoco mi padre ganaba lo suficiente como para que mi madre llamara a mi abuela materna o a mi tía Ana María cada vez que necesitara una receta. ¡Qué no hubiera dado ella en aquellos tiempos por un buen recetario de cocina!

En aquel entonces todavía no había librerías en el pueblo y los recetarios eran escasos y caros. Por eso las visitas de la tía Ana María eran causa de regocijo para todos: no solo le teníamos mucho cariño por ser tan allegada a la familia, sino que sabíamos que también nos traería nuevos platillos a probar.

En eso de las recetas, mi tía Ana María tenía una mente excepcional: se sabía decenas, quizás cientos incluso, de memoria. En algún momento llegué a pensar que era algo así como una enciclopedia de recetas o, mejor dicho, un recetario viviente. Ella enseñó a mi madre a hacer el volteado de piña con harina de panqueques, o esa tinga tan suculenta que dejaba marinando durante la noche en una olla de lento cocimiento. Nuestra libreta de pasta dura que hacía de recetario le debe a mi tía la mayor parte de su espesor.

Recuerdo una visita en particular cuando tenía unos cinco o seis años. Mi tía iba camino a Guadalajara y llegó con nosotros a descansar una noche. Se bajó del carro muy contenta, cargando una jaba de madera.

—Mira lo que te traje, manita.

La caja estaba repleta de papas y chiles poblanos. Las papas eran considerablemente grandes y ovaladas, completamente lisas, sin poros ni arrugas. Los chiles poblanos eran enormes y lustrosos, de un verdor tan oscuro que parecían negros, y con una forma conoidal casi perfecta. Esas papas y chiles eran los más bellos que había visto a mis escasos años de vida, tanto que por un momento llegué a pensar que eran verduras «de mentiritas», de esas que las hermanas de mi papá ponían en los fruteros de sus cocinas como adorno. Mi madre se entusiasmó.

—¡Están buenos para chiles rellenos!

—No, manita, qué chiles rellenos ni qué ocho cuartos. Te voy a enseñar a hacer un caldillo de papa.

—¿Caldillo de papa?

—Sí, con rajas y cubitos de queso. Es una receta de mi cuñada en Topolobampo.

—¡Ay, qué rico! Oye, ¿y cómo se hace?

—Está muy fácil, manita, mira: pones los chiles a tatemar y ya que estén listos los desvenas y los haces rajas, después pones a freír la papa con la cebolla...

—¡Espérame, espérame! Deja saco la libreta para apuntarla.

Entramos a casa y mi tía puso la jaba en el pretil de la cocina. No tardó más de dos minutos en dictarle la receta a mi madre. Se oía muy sencilla, tan simple como hacer una torta de jamón o una quesadilla. Imaginé que hasta yo hubiera podido cocinarla.

—Se ve muy fácil.

—Y está buenísima, manita.

—Pero quién sabe si le guste a esta niña —Mi madre apuntó hacia mí con un ademán de su cabeza—. Vieras que no le gusta la sopa...

—No te preocupes, manita, que con esto va a caer redondita.

Mi tía se puso en cuclillas hasta que su cara quedó a la altura de la mía.

—Hija, ¿me ayudas a preparar un caldillo?

Era la primera vez que alguien me invitaba a ayudar en la cocina e inmediatamente dije que sí. No tardamos en ponernos a trabajar. Mi madre lavó y cortó las papas y mi tía puso los chiles a la lumbre. Yo ayudé cortando el queso en cuadritos con un cuchillo de plástico mientras mi madre sofreía las papas con la cebolla. Cuando llegó el momento de ponerle el caldo de pollo, nos dimos cuenta de que ya no quedaba nada del que mi madre había preparado para la comida.

—No importa, manita. Podemos ponerle Knorr Suiza.

Le echamos dos cubitos de consomé de pollo al agua y la pusimos a hervir junto con el guiso de papas con cebolla, el tomate picado y las rajas. Mi tía añadió orégano, cilantro, sal y espolvoreó mucha pimienta. Al principio, el olor del caldo de pollo me recordó a la sopa de fideos y me provocó asco, pero poco a poco el aroma a papas cocidas impregnó la cocina y me hizo sentir mejor.

Una vez que las papas estuvieron listas, mi tía apagó el caldo y sacó un vaso de leche del refrigerador.

—Pa que pinte —dijo, mientras agregaba la leche poco a poco, cuidando de que no hiciera grumos.

Mi tía me sostuvo para echar los cuadritos de queso a la olla. Después de taparla, sacó un paquete de tortillas de harina de la maleta y las calentó. Se me hacía agua la boca: la combinación del olor a papa con queso se mezclaba con el vapor de las tortillas de harina que, de ser translúcidas, se habían vuelto blancas y esponjadas. Cuando todo estuvo listo, se volvió hacia mí.

—Las cocineras primero.

Me sirvió el primer plato y enrolló una tortilla de harina con sal para acompañarlo. El caldo humeante había adquirido un color naranja tenue con una consistencia ligera y cremosa. Los cubitos de queso y las rajas verde ocre flanqueaban las papas de un color amarillo intenso, perfectamente cuadradas. Su aroma me recordó a los chiles rellenos con puré de papa y mantequilla que tanto disfrutaba en las cenas de Navidad. Mi tía se sentó junto a mí y me susurró al oído.

—Ándale, deja de escudriñar el plato y pruébalo.

Con la cuchara, tomó un cubo de papa, otro de queso y un pedazo de raja nadando en caldo y me los dio a probar. Aquella mezcla de sabores y texturas —la tersura de la papa, el picor de la raja y la consistencia chiclosa del queso fresco empapado de caldo caliente— me hizo exclamar con emoción.

—Mmm, ¡qué rico está!

—¿Ves, manita? —dijo mi tía al tiempo que le guiñaba el ojo a mi madre—. Te dije que le iba a gustar.

Mi madre sonrió complacida.

Me comí el caldillo de papa con tanto gusto que hasta me repetí. Aquel caldillo fue el primero de muchos y se convirtió, desde el primer bocado, en mi plato favorito. Junto con la sopa de coditos y el chorizo con huevo, fue una de las pocas recetas que sabía cocinar correctamente cuando me fui a la universidad. Con el tiempo lo fui perfeccionando, añadiéndole cubos de aguacate, totopos y garbanzos incluso. Cuando me volví vegetariana, inteligí cómo cocinarlo sin el caldo de pollo, utilizando solo agua (el secreto reside en añadir aceite de oliva para que la grasa le dé sazón al caldo y dejar que la papa se desbarate un poco para que suelte más sabor).

Ahora que mi madre y mi tía ya no están, yo soy la encargada de trasmitir la receta a mis hijas. Mis retoños se han ido, pero cada vez que me siento sola preparo un caldillo de papa tal como me enseñó la tía Ana María. Con cada cucharada humeante, con cada vaho que se eleva sutil desde ese tazón, siento que el espíritu de mi madre y mi tía vuelven a estar junto a mí. Al probar ese caldo cremoso, rememoro aquella tarde, hace más de sesenta veranos, en que descubrí que, además de alimento, la comida también es amor.

DALIA MAXUM

Oaxaca, México

RECETA PARA PREPARAR UNA TLAYUDA OAXAQUEÑA

INGREDIENTES

- cecina, chorizo y tasajo, al gusto
- asientos de puerco (opcional)
- tlayuda[1]
- frijoles negros, refritos
- aguacates
- quesillo (queso estilo Oaxaca)
- nopales asados y cortados
- tomate en rodajas
- repollo o lechuga fresca, finamente picada
- chepiche (también conocido como pipicha o pepicha)
- salsa, al gusto

PREPARACIÓN

1. Se licúan y se fríen los frijoles.
2. Se cubren muy bien las tlayudas con el asiento, los frijoles y el quesillo.
3. Se ponen las tlayudas en un comal, a fuego medio, para que

se tuesten; o también pueden calentarse en el horno para que resulten más crujientes.

4. Ya que están crujientes, o hasta que el quesillo esté fundido si prefiere las tlayudas más suaves, se retiran del fuego.

5. Se colocan encima lechuga, tomate, nopal, aguacate y chepiche. Se agrega la carne cocinada y cortada en tiritas.

6. Por último, agregamos salsa al gusto y ¡listo!

---

1. Para cocinar la tortilla conocida como tlayuda se necesita remojar el maíz en agua con cal. Esto cocinará al maíz parcialmente. Luego se lava y se vuelve a remojar casi toda la noche con un poquito más de cal para terminarlo de nixtamalizar. Ya que tenemos el nixtamal, habrá que molerlo y amasarlo hasta obtener una consistencia particular y empezar a separar las bolitas para tortear. La tlayuda en particular requiere un proceso de cocción distinto, por lo que algunas mujeres las ponen al lado del comal (y no encima) en la última etapa de su cocimiento.

LA TLAYUDA

Dalia Maxum

A los alborotadores los descubrieron muy rápido. Así es como inició la independencia de México, un plan cuyo fin no era independizarse de la corona española, sino reclamar más derechos y mejores tratos. Los criollos fueron sorprendidos y allí empezó todo: un movimiento social que puede compararse a una tortilla mal cocida. Si la masa no se mezcla bien, la tortilla no alza, no hay burbujas de aire a punto de explotar y, de una masa que no alza, no puede resultar una buena tlayuda. Eso mismo les pasó a los independentistas, pobres, porque luego sus cabezas fueron expuestas en la Alhóndiga de Granaditas. Y, eso, eso sí que es más estremecedor que el crujido del pirú debajo del comal.

La nostalgia que me inspiró a escribir este texto vino de un ensayito que empecé hace mucho, hace tanto que por aquellos días plantearme la idea de escribir sobre la Revolución Francesa a través de las pinturas de Jacques-Louis David me parecía no solo de lo más divertido, sino fácil. Claro que mi profesor, Antonio Anino, italiano de la Universidad de Florencia, me acomodó muy rápido mis dos tornillos locos. Recuerdo que lloré «como una Magdalena». Como realmente no sé como llora una Magdalena, me imagino que sería como si hubiera cortado todas las cebollas para el pico de gallo de un restaurante en Ballard un sábado de verano soleado. Así habrán llorado los alborotadores. Pobres, mejor le hubieran dejado el poder a las juntas, como lo mandaba la Constitución de Cádiz, y no venir con esa loca idea de independizarnos. Los más sensatos nunca se plantearon esa idea. Es verdad que la madre patria estaba enfrentando muchos conflictos y sus súbditos, recelosos, querían huir en desbandada hacia los brazos de Napoleón. Las colonias españolas no estaban preparadas, pues primero se necesitaba una estructura institucional acorde a la situación sociocultural de cada comunidad. Eso mismo pasa con las tlayudas. A las tlayudas hay que tortearlas bien, suavemente y con cadencia. Así verás cómo una bolita de masa se transforma en un disco, como el de una especie de plastilina brillante que danza el jarabe mixteco en el aire: fuerte, consistente y flexible.

Los inviernos de esta tierra de pinos y de ríos caudalosos son malas compañías. Así que, mientras mis amigos primavera y verano vuelven, yo viajo. Viajo a la tierra donde las nubes besan las montañas, viajo a la tierra donde sientes que puedes tocar las nubes y comértelas como algodones con sabor a piloncillo.

En una de las tardes de limpieza y organización interminables, pero con sol, me encontré con mi viejo libro, *Caleidoscopio*. Releí lo que escribí: México, el sisma de una nación. Me disponía a leerlo todo cuando mi madre me gritó desde la cocina: «Mi tesoro, vente a comer, te traje lo que más te gusta». Lo que más me gusta podría significar varias cosas, pero esa vez fue una tlayuda con cecina, frijoles y aguacate. Las tlayudas de mi pueblo son fragantes, inmensas, majestuosas. Tienen costras, producto de las burbujas al cocerse. Sin embargo, tienen la simetría del trazo de un compás.

Caleidoscopio trata de esos primeros años de nuestro México independiente. En particular, de las consecuencias de ese nacimiento un tanto prematuro e inesperado. Primero nos reconocimos como un imperio, el de Agustín de Iturbide. Luego, hasta tuvimos a Maximiliano y, mire usted, llegamos a Porfirio Díaz. Todos cargados hacia Europa, ese padre y señor nuestro. No digo señora porque todos sabemos que estaría mintiendo. El feminismo es proporcionalmente inverso al eurocentrismo. Nuestro país es una gran bola de masa, bien estirada y restirada, pero al final es hasta simétrica y sobre todo muy resistente, igual que una tlayuda, igualito.

Con la tlayuda uno puede formar una especie de medio rollo

envuelto para tener una cuchara para el caldo, el arroz y los frijoles. Esta cuchara la podemos emplear para las entradas, las ensaladas y el plato fuerte y, en un descuido, hasta para el postre. Es la cal la que le da esa resistencia. «Es el nixtamal», decía mi abuela, y se iba al molino a las cuatro de la mañana.

Francia obligó a abdicar al rey Carlos IV y a su hijo. Con Bonaparte como rey de España, las élites coloniales empezaron a estremecerse, miedosas de lo que pudiera pasar. Algunos querían retomar las partidas de Alfonso X, pero como siempre, los revoltosos ganaron y mire usted nuestra emancipación: somos una tierra de una pierna, pero que camina. Gracias Calle 13. Ya Vasconcelos lo dijo: «Que un pueblo en un momento dado de su desarrollo se separe de su nación matriz, es un derecho que nadie discute; que una sociedad cualquiera se rebele contra los abusos del despotismo, es un deber que todos recomendamos se cumpla; pero hay veces en que el modo, la razones y las oportunidades malogran, corrompen los mejores propósitos».

Al nixtamal hay que ponerle la cantidad de cal precisa. De otra forma, el disco blanco flexible se transformará en una tortilla dura, tan dura que se puede usar para tapar los huecos por donde entran los ratones en las paredes de las cocinas. No vaya usted a pensar que la masa es una mezcla cualquiera. Mucho cuidado. Puede uno terminar como nuestro país, con una constitución bien flamante de bonita: una mezcla de las constituciones de Cádiz, de Estados Unidos de América y, obviamente, de la Declaración de Derechos del Hombre y del Ciudadano. ¿Para qué? Si nuestro desarrollo democrático difiere considerablemente del admirable espíritu de sus cartas políticas. Así les pasa a mis tortillas de por aquí, del noroeste estadounidense: les llaman tortillas, pero a la hora de la hora solo son la pretensión de una realidad lejana. De la tlayuda mejor ni hablamos, eso es otra cosa. Con un poquito de suerte no las encontramos en algún anaquel de alguna tienda latina, pero ya están viejitas, con sus sabores gastados. Lo que no tiene que ser, no es.

Nostalgias, ¿qué puede haber más nostálgico y contradictorio que extrañar a tu país por vivir fuera de él? Se preguntan los que vinieron por gusto. Los que no, no se lo preguntan... ni eso, ni nada. Están apurados con la vida, que les sonríe en la cara. Lo maravilloso es que ellos le sonríen de regreso. Son como las tlayudas, resilientes. Las tlayudas pueden durar mucho, muchísimo: se secan al sol, luego les salpicas agua y las calientas a fuego lento y allí reviven. El sabor es distinto, mas no la consistencia. Pero no solo eso, no saben igual porque, como todo, si no se comen como uno las comía, pues no saben a tus recuerdos. En realidad, ya nada sabe igual: el sabor del quesillo de mi infancia se ha ido, no sabe igual ni aquí ni allá; los frijoles negros ya no están cremosos como los de la abuela. Frijoles molidos con hojas de aguacate y untados en una tlayuda, encima le ponía quesillo deshebrado que, derretido, servía de cambas para la salsa de chile de árbol, miltomate y ajo asados.

A mí me gusta ser de aquí, de allá y de por allá. Todo me viene bien. Sin embargo, mi timón está hecho de nixtamal, de una mezcla con bastante cal, por si los roedores quieren entrar. Mi ancla es una tlayuda gigante, azul de costras negras. La gente de las nubes somos mientras estamos conectados al maíz. La diosa y el dios Centéotl, nuestra guía, fuente de sabiduría ancestral; los maíces se alinean y se comen con cacao. Tal vez España y la Santa Alianza perdieron la batalla ante el presidente Monroe. Que la América continental no pueda ser considerada como dominio propio para la colonización por una nación europea, decían. Y aquí estamos. ¿Qué tan propios son nuestros dominios y tan propias nuestras patrias? Yo no sé. Nosotros nos rodeamos de fuego y al fuego lo rodeamos con maíz; del tamaño del comal es la tlayuda y del tamaño de la tlayuda nuestra memoria. Eso es lo que entiendo, lo que extraño y lo que me acaricia el alma.

Tal vez si los alborotadores hubieran sabido cómo se hace una tlayuda, que lleva su tiempo, su proceso, que al nixtamal hay que cantarle mientras se cuece lentamente, mientras el fuego acaricia tus ojos, hubieran sabido sentar mejores bases para nuestro país. Pobres, tal vez solo fue la sorpresa, la traición. Pero aquí estamos. Incluso las tlayudas mal cocidas sirven, «aunque sea para una cruz de ceniza», decía la abuela. Y no se crea que las cruces de ceniza son poca cosa, no: eso es un compromiso con Dios y con el prójimo. Lo compartimos a través de nuestra propia hostia: la tlayuda. Esa tlayuda que puede ser azul, blanca, amarilla o morada.

XIOMARA MELGAR

San Salvador, El Salvador

RECETA DE POLLO EN SALSA DE NAVIDAD

El pollo en salsa de Navidad es un platillo tradicional en la gastronomía salvadoreña. El sabor tan singular se lo da el «relajo», una mezcla de especias tostadas y molidas que se usa para esta salsa criolla.

INGREDIENTES (4 PORCIONES)

- 1 pollo partido en cuartos
- 15 tomates medianos
- 3 chiles verdes
- 3 cebollas grandes
- 10 dientes de ajos
- relajo salvadoreño (receta a continuación)
- pimienta, al gusto
- sal, al gusto
- aceite para freír

PREPARACIÓN

1. Lavar bien el pollo con el jugo de varios limones,

preferiblemente desde un día antes, y aderezar con sal y pimienta al gusto. Dejar en refrigeración.

2. Asar los tomates, chile, cebolla y suficientes ajos. Cuando los tomates y los chiles ya están cocidos, se dejan enfriar un poco. De ser posible, conviene remover la cáscara de los tomates.

3. Los tomates, la cebolla, los ajos y los chiles asados se licúan junto con el relajo para hacer la salsa, la cual tendrá que cocinarse a fuego medio hasta que hierva.

4. Para preparar el pollo, se pone a sofreír en crudo hasta que tome un color dorado, luego se le agrega la salsa y se cocina.

5. Puede ser servido en una cena formal con arroz y ensalada o puede usarse para hacer panes rellenos con pollo, lechuga, berro, rebanadas de tomate, cebolla, pepino y rábanos; o usarse como recaudo para tamales.

INGREDIENTES PARA EL RELAJO

- 1 chile guaque o guaco sin semillas (seco)
- 1 chile ciruela sin tallo y sin semillas
- 1 cucharada de granos de pimienta negra
- 1 cucharadita de clavos de olor
- 2 cucharadas de ajonjolí
- 2 cucharadas de pepitoria (semillas de ayote)
- 2 cucharadas de cacahuate sin sal
- 1 cucharada de orégano seco
- 1 cucharadita de tomillo seco
- 1 ajo grande
- 3 cucharadas de achiote molido
- 10 a 12 hojas de laurel medianas

PREPARACIÓN DEL RELAJO SALVADOREÑO

1. Se colocan los chiles en un comal o plancha caliente y se

asan durante dos o tres minutos, dándoles vuelta una o dos veces y se reservan.

2. Se asan los granos de pimienta, clavos y laurel durante un minuto, revolviendo, y se reservan.

3. Se asan las semillas de ajonjolí, la pepitoria y los cacahuetes durante dos minutos, revolviendo.

4. Desmenuzamos las hojas de laurel, orégano, tomillo y achiote y lo combinamos con todos los ingredientes asados.

POLLO ANDREA

Xiomara Melgar

Nació en tiempos tumultuosos para su familia, siete meses antes de que sus padres condensaran dos décadas y media de vida en una maleta y la llevaran consigo, desde el país más pequeño de Centroamérica, hacia los Estados Unidos.

Los primeros meses de la vida de Andrea habían transcurrido entre días calurosos, al vaivén de una hamaca en un patio donde la mata de huerta y el limonero aún tenían una historia para contar. Julita, su abuela, introdujo a la niña, tan pronto estuvo lista, a un mundo de sabores entre purés de frutas, verduras molidas y consomés de abundante gusto.

Al cabo de largos y sentidos abrazos, lágrimas de despedida y bendiciones de los suyos, llegó la partida; y cinco horas más tarde, el reencuentro con los también suyos que los esperaban en alguna gran ciudad del norte. Porque los inmigrantes siempre tienen un querer, un pedazo del corazón, en algún otro lugar.

Con la nueva rutina, por demás inundada de cambios, llegaron también nuevos sabores. La sazón de la abuela se vio reemplazada por aritos de cereal, papillas embotelladas y, más tarde, macarrones con queso y medallones de pollo. Y pese a ser muy pequeña para evocar recuerdos de la tierra que la vio nacer, Andrea creció escuchando relatos, copiosos en detalles y descripciones, mientras conectaba los rostros tantas veces vistos en fotografías con los nombres de los que la quieren a distancia.

Y como toda espera tarde o temprano culmina, llegó el día en que Andrea, a sus casi cinco años de edad, conoció, o debería decir, reconoció a su abuela. En el reencuentro, como si se tratase de un hilo invisible pero indisoluble, la niña recibió un abrazo nuevo, pero familiar, en el que la abuela vertió todo su cariño, adobado por el tiempo, por la espera, por la distancia.

La maleta de *la Abue*, como la llama Andrea, ¡era toda una fiesta! Al abrirla fueron apareciendo apiñados, y como por arte de magia, gran cantidad de dulces, quesos, tabletas de cacao, pan dulce, café y frijoles... y de pronto la abuela anunció alborozada «¿Adivinen qué les traje?» Y mostrando una bolsa transparente, repleta y colorida, exclamó: «¡Relajo!»

El relajo es una mezcla de especias secas, como tomillo, clavos de olor, achiote, orégano, pimienta gorda, ajonjolí, cacahuate, hojas de laurel, chile ciruela y chile guajillo, entre otras. Asadas por separado y luego molidas, estas especias constituyen el ingrediente principal e inigualable de una salsa criolla utilizada en platillos tradicionales de la cocina salvadoreña.

El uso de este condimento tan polifacético en la gastronomía de El Salvador va desde el recaudo para los tamales y los panes con pollo hasta la salsa para el tradicional chompipe, o pavo al horno, para la cena de Navidad. En algunos hogares se sustituye el pavo por pollo o gallina, y aunque el guiso de cada hogar tiene su propio sabor, siempre encontramos ese auténtico toque, tan singular, del relajo. Como la bisabuela solía decir: «El secreto está en la salsa».

El arte culinario tiene el encanto de despertar sensaciones muy diversas en cada paladar con un mismo platillo. Los olores, colores, texturas y sabores de la comida consiguen, de cuando en cuando, que evoquemos un recuerdo, avivando en nosotros la más profunda de las nostalgias. Es, pues, un viaje en el tiempo, entre el sentido del gusto y el corazón.

Para la mamá de Andrea, los panes con pollo en salsa de Navidad simbolizaban un cálido recuerdo de la única noche del año en que se sentía plenamente acogida, protegida, reconfortada. Se recordaba tomada de la mano de su mamá siendo ella y su hermano menor muy pequeños, en un viaje largo hacia las afueras de la capital. Llegaron a una casa de campo con patios abiertos, de la familia materna, llena de gente, algarabía, música y abrazos de bienvenida. Y al entrar en la cocina, ahí estaba: el inconfundible olor a los panes con pollo en salsa de Navidad. Esa mezcla de especias capaz de transformar cualquier día del año en una fiesta. Porque esa no era una comida para comer solos. Hay siempre, alrededor de esa salsa, familia y amigos, alegrías y risas. Y esa niña podía, por una noche, olvidar que desde sus seis años estaban solos, ella, su hermano y su mamá, desde que su papá partió en busca del sueño americano, sin que ella entendiera muy bien ni dónde ni por qué.

El día en que *la Abue* reprodujo el pollo en salsa de Navidad en Seattle, la familia evocó y, literalmente, saboreó cada uno su propio recuerdo. Andrea, en cambio, lo probaba por vez primera y comprendió, con imprevista naturalidad, las historias contadas muchas veces por su mamá al evocar la sazón criolla, ese pollo con salsita ¡tan rico! Y sin siquiera sospecharlo, se enamoró de los sabores que desde siempre había llevado en la sangre.

Cada junio en su cumpleaños, y a petición de ella, la familia prepara Pollo Andrea, así rebautizado por ser el favorito de la nieta consentida que, sin lugar a duda, continuará la tradición familiar.

Y sé de muy buena fuente que, mientras mis dedos buscan afanosamente entre las letras de mi teclado, Andrea y *la Abue* preparan juntas el relajo para la salsa del Pollo Andrea que cenarán en la celebración de su cumpleaños número dieciséis.

NADIA MIRANDA NAVAS

San José, Costa Rica

RECETA DE CAFÉ CHORREADO

Estas instrucciones se dirigen a todas aquellas personas que nunca han hecho café chorreado, todo un ritual de la idiosincrasia costarricense que se ha ido perdiendo con las nuevas generaciones.

INGREDIENTES

- café costarricense (o el de su preferencia)
- agua
- calentador de agua o tetera
- chorreador (con bolsa/filtro de tela)

PREPARACIÓN

1. Selección del café: puede utilizar el café de su preferencia. Se recomienda café de Costa Rica, 100% puro, molido, gourmet y, muy importante, certificado con el sello de carbono neutral.
2. En el calentador de agua o tetera se deben agregar 240 ml de agua por cada taza de café que se desee chorrear, o medir la

capacidad por taza regular. Se calienta el agua hasta alcanzar el punto de ebullición.

3. Mientras el agua se está calentando, se preparan la bolsa de chorrear y el chorreador. Se recomienda humedecer la bolsa con agua fría antes de iniciar a chorrear el café. Se debe ubicar una taza o recipiente grande y resistente al calor debajo de la bolsa para recolectar el café chorreado.

4. Agregar el café a la bolsa. Se recomienda agregar una cucharada de café molido por cada 240 ml de agua. Para los amantes del café cargado, se puede agregar media cucharada más. La cantidad de café varía hasta encontrar la mezcla perfecta para cada quien.

5. Vierta el agua caliente en la bolsa muy despacio y haciendo movimientos circulares. ¡Así se sencillo se chorrea un café!

6. Al final, enjuague su filtro de tela, nuevamente solo con agua ya que si añade detergentes o jabones afectará el sabor de su bebida. A diferencia de los filtros de papel, la bolsa de tela es totalmente reutilizable y le podrá sacar provecho durante mucho tiempo, así como a su chorreador, que posiblemente le durará toda la vida.

LA HORA DEL CAFÉ

Nadia Miranda Navas

En una semana corriente y en cualquier país del mundo, muchos empezamos el día celebrando y agradeciendo la existencia del «grano de oro». ¿Te puedes imaginar que haya personas que no toman café?

Es en el año 1887 cuando el químico y médico alemán H. A. Köhler describe y clasifica por primera vez la *Coffea arabica* en su publicación de 237 láminas ilustradas *Köhlers Medizinal-Pflanzen in naturgetreuen Abbildungen und kurz erläuterndem Text* como una planta medicinal para tener más energía y una mayor capacidad de concentración. Pero para ese entonces, ese brebaje contaba ya con una larga historia.

Ya se le saboreaba en Etiopía en el siglo X, y este rito ancestral del café se mantiene hasta hoy en día. En el siglo XVII, los comerciantes venecianos llevan el café a Europa al mismo tiempo que arriban a las cortes españolas e inglesas otras bebidas calientes como el chocolate de América y el té de Asia. Es por fin en el siglo XVIII cuando se encuentran los primeros registros de la presencia del café en el nuevo continente. Esta vez son los holandeses en Surinam, los franceses en Martinica y los ingleses en Nueva York quienes empiezan a sembrar cafetos y abrir establecimientos de café.

La historia del café también es antigua en el seno de mi propia familia, y ese recuerdo hoy está impregnado de su riquísimo aroma.

Es lunes, temprano en la mañana. La mesa está puesta, los bollitos en el hornito, la mermelada de guayaba y la mantequilla se aclimatan después de salir de la refrigeradora. ¡Huele a café! Apresurados, nos subimos al carro de mamá para que nos lleve a la escuela. Por dicha, queda muy cerca, en Pavas. Venimos cansados de otra de esas giras por zonas rurales de Costa Rica. Nos persiguen los perros, nos ahogamos del calor, no hay baños, y abundan las cucarachas en los así llamados hoteles. Pero ¡ha ganado Saprissa! Son los años 70. Tres hermanos creciendo a la sombra de un gran ejemplo de solidaridad social.

Al volver a casa, hay gran algarabía. Las conversaciones no paran. Los acontecimientos en el cole son muchos y variados. Nunca llegamos a una casa vacía. Siempre hay alguien esperándonos, cuidándonos, dándonos amor. Muchas veces en forma de una taza de café «de Nani» recién chorreado, negro y con mucha azúcar.

Es martes, son las dos de la tarde. Las manos están ocupadas con los últimos detalles. Hay muchas personas sentadas a la mesa y otras más llevando tartas y pasteles de la cocina al comedor. ¡Huele a café!

Terminamos de servir y aquella mesa impresionante se dobla por el peso de estas obras de arte culinario. El trabajo ha empezado unos días antes en ese pequeño pueblo del norte alemán con el gran nombre de Westerrade. Las bases de masa de chocolate, nueces y mantequilla esperan pacientemente que las junten para formar una tarta de varios pisos, adornada con crema batida y rompope, crema batida y limón, crema batida y cacao.

Al partir la primera tarta, hay gran felicidad. Las conversaciones no paran. Las anécdotas son muchas y variadas. Nunca pasamos por alto una fiesta familiar. Siempre hay alguien celebrándonos, apoyándonos, dándonos amor. Muchas veces en forma de una taza de café «Beste Bohne» recién hecho, con leche y sin azúcar.

Es miércoles de tarde. Meditabundos, trabajamos meticulosamente sumergidos en nuestros laptops y saboreando el famoso queque de limón. ¡Huele a café!

Llegamos a casa, ansiosos de ver a los demás. Los días son cortos y oscuros en este Sammamish. No hay nadie en casa. Oh, cierto, hoy hay clase de cello y práctica de fútbol. ¿Qué hora es? Solo cuarenta minutos más y ellos volverán. ¿Qué vamos a cenar? ¿Receta tica o receta alemana? Hoy no, hoy habrá hamburguesas. Es gracioso cuando los hijos se regocijan con un *all American dinner*. Una familia, lejos de sus raíces, empeñados en criar ciudadanos del mundo con un gran sentido de solidaridad social.

Al armar la primera hamburguesa, hay gran satisfacción. Las conversaciones no paran. Las historias son muchas y variadas. No sabemos lo que es cenar solos. Siempre hay tiempo para sentarnos juntos, educando a los hijos, guiándolos entre idiomas y culturas, dándoles amor. Muchas veces en forma de una taza de café *tall latte*, recién comprado y *extra hot*.

Es lunes. Una niña feliz, una cuna de oportunidades. Se acabó el desayuno, no más gallo pinto ni queso frito. Los recuerdos volverán cuando huela a café recién chorreado.

Es martes. Una joven feliz y con conocimiento. Se acabó el cafecito de las dos, no más queque de nueces ni tarta de chocolate. Los recuerdos volverán cuando huela un café recién hecho.

Es miércoles. Dos adultos felices, aprendiendo, trabajando en equipo por el futuro de cuatro. Se acabó el *latte* de las cinco, no más panecillo con queso crema ni queque de limón. Los recuerdos volverán cuando huela un café comprado con una de esas muchas tarjetas de regalo que nos encanta recibir al final del año lectivo.

Es jueves. Una pareja de padres en suspenso, observando a los hijos marcharse, lejos, pero bien preparados. Está en proceso el café hecho en casa con granos de alta calidad provenientes de Etiopía, de Surinam o de Costa Rica. Y también crece una nueva pasión por compartir entre dos en el nuevo hogar en Fremont lo que la vida trae a diario. Habrá más remembranzas, más recuerdos durante esos días ricos, cuando huela un café al regresar del aeropuerto y volvamos a ser una familia de tres, cuatro, o más.

Es viernes. Un padre, una madre y el nido vacío, pero el corazón lleno. ¿Con quién compartiremos la próxima hora del café? ¿Dónde? Sea quien sea y estemos donde estemos, seguiremos el ritual, celebrando y agradeciendo la existencia del «grano de oro». ¡Ojalá que siempre huela a café!

MARTÍN MUY RIVERA

Ciudad de México, México

RECETA DE CALABAZAS RELLENAS EN SALSA DE JITOMATE

INGREDIENTES

- 1 kg de calabazas tiernas
- ½ kg de jitomate
- 2 hojas de laurel
- ½ cebolla blanca en rodajas
- 2 dientes de ajo
- aceite
- pimienta
- sal, al gusto
- caldo de pollo
- queso manchego
- harina
- 2 huevos

PREPARACIÓN

1. Licuar en caldo de pollo el jitomate, la cebolla, ajo y pimienta.

2. Verter todo en una olla y ponerla a cocer. Agregar sal al gusto.
3. Por separado, se mezcla el huevo con la harina y se le agrega un poco de leche, cuidando que la mezcla esté espesa. Se le agrega un poco de sal y pimienta.
4. A las calabazas se les hace un hueco, sacándoles las semillas. Se rellenan de queso.
5. Se unen dos mitades de calabaza, se pasan por la mezcla de huevo, harina y leche, y se ponen a freír en una sartén honda con aceite caliente. Se sacan las calabazas cuando el capeado esté terminado, procurando no quemarlas.
6. Se sumergen las calabazas rellenas en el caldo de jitomate caliente.
7. Se sirven con frijoles negros, salsa, tortillas y ensalada al gusto.

CALABAZAS RELLENAS

Martín Muy Rivera

No sé si mis padres hicieron un hueco en sus vidas para llenarlo uno con el otro, o si decidieron llenar el hueco que percibían que el otro tenía, o si estaban completos y optaron por una mejor vida en pareja. El hecho es que se casaron y quedaron de acuerdo en que una vez teniendo familia, papá (don Raúl, como muchos le decían) sería el proveedor en la casa, y mamá (señora Blanca, como se le conocía) se haría cargo de ella. Así se hizo.

«Elige bien tus ingredientes, que tengan buen color y textura».

Según mi papá, de recién casados comían solo lo que mi mamá en esos días sabía hacer: chile con huevo en la mañana, huevo con chile en la comida y chile a huevo en la noche. Le tomó a mamá casi un año y un libro de cocina para que ella pudiera tener un repertorio de platillos que les agradaran a todos. Hasta que llegó el momento en que se convirtió en una maestra en la cocina, al punto de improvisar y servir lo que cada mordida sabía a pedacitos de cielo.

Alguna vez le pregunté a mamá cuál era su secreto. ¿Cómo era que todo lo que cocinaba le salía tan bien? Ella me contestó: «Elige bien tus ingredientes, que sean frescos y de buen color, luego cocina sin prisa como aquel que sabe lo que hace, con la idea de que, a quien pruebe tu platillo le va a gustar, y a ti también. Así disfrutas ese momento de cocinar. Si no les gusta, puedes modificar la receta la siguiente vez. Lo mismo pasa con la vida...».

«A las calabazas se les hace un hueco sacándoles las semillas. Por separado, se hace la salsa de jitomate licuando jitomates, ajo, cebolla, hierbas de olor y se vierte todo en una cazuela para cocerlo y que tome sabor...».

No todo en la casa fue bonanza. Hubo tiempos donde el enojo, la preocupación o la tristeza se posesionaba de alguno de nosotros. La vida en cuatro paredes a veces se torna en una olla de presión y para que no explote hay que ponerle una válvula de escape. ¿Sirve de algo la comida en estos casos? A veces, y por ello salíamos a comer a la calle, nuestro escape, aunque lo mejor era pedir una disculpa, salir con los amigos, abrir las ventanas y siempre guardar el alma bajo llave. Al regreso se podía volver a sacar el alma cuando todo ya estaba cocido, sazonado y a temperatura ambiente.

«Por otra parte, se rellenan las calabazas con queso manchego, se capean y se fríen en aceite bien caliente. Al final se sirven con la salsa de jitomate. De postre, se puede comer dulce de zapote con naranja... ¡Qué delicia!».

Las calabazas se capeaban y se freían en aceite hirviendo. Aún sigue siendo un misterio para mí que, ya cocinadas, aún sabían frescas, aunque el aceite caliente las hubiera matado, por decirlo así. La muerte siempre ha sido algo muy difícil de aceptar.

Papá murió de súbito un domingo después de haber ido a misa y a comprar la despensa. Mi hermana Mónica, quien estuvo con él en esos momentos, comenta que papá solo dijo «me estoy mareando», y su alma partió de repente sin que él sintiera otra cosa. Sin embargo, yo sí sentí su muerte una y mil veces.

Comenzamos a anticipar su partida meses antes de que ocurriera porque sabíamos que el momento llegaría: la dieta por la que no se quiso dominar, la operación a la que no se quiso someter, el dolor de pecho que no quiso sanar. Él decía años antes de su muerte: «Quiero morir comiendo lo que quiera, haciendo lo que quiera, vivir como quiero». Y así lo hizo, a pesar de que mamá trató hasta lo imposible por darle gusto a él y a la salud. El efecto de las carnitas no disminuye con ensaladas, principalmente si no se come la ensalada. Así llegó el día que todos nos vestimos de negro, el color del luto, el color que ni el zapote lleva.

«Las calabazas rellenas son baratas y se pueden comer varias veces al mes y todo el año».

Es verdad, en tiempos de presión económica las calabazas son baratas, se pueden comer todo el año y son enemigas del hambre. Hay quienes las comen en exceso, casi a diario, las alucinan —y más, el o la que las prepara. Quizás este sea el primer síntoma de la «esquizofrenia gourmet». Otros, como aquellos con desorden dismórfico corporal, las comen para bajar de peso, porque casi no tienen calorías, y después de algunos meses se congelan como Narciso frente a la laguna cuando se toman una *selfie* y se dan cuenta de que han bajado de peso... ¡y se nota! Muchos comen esta verdura con una salsa bien picosa, aquella que los hace sudar, enojarse y al mismo tiempo los hace sentir bien. Claro, esto es codependencia: al chile le gusta ser comido, aunque desaparezca, y al que come le gusta el chile, aunque se enferme. Todo se debe comer con medida. Aquellos con depresión también pueden comer calabazas rellenas porque «barriga llena, corazón contento».

«Las calabazas no solo son parte del cuento de "La Cenicienta"».

Mil novecientos ochenta y ocho, papá acababa de morir, yo ya no vivía en casa, pues estaba haciendo mi doctorado y de mi beca no había sobrante para ayudar a mamá ni a Mónica, quienes esperaron seis meses para recibir la pensión de mi papá. Para sobrevivir vendieron la camioneta Gremlin de papá. Como era costumbre, mi hermana seguía invitando a sus compañeros de la universidad para estudiar y mi mamá les servía de comer. La comida ahora era más sencilla que antes; no obstante, nadie dejó de celebrar el nombre del platillo en cada bocado. Los compañeros de mi hermana bromeaban diciendo: «Hoy nos estamos comiendo las llantas del carro». La señora Blanca reía con aquellas bromas. En el cuento de la Cenicienta, el carro se convirtió en calabaza; y en la realidad el nuestro lo hizo también.

Las cosas se fueron normalizando con el paso del tiempo: mamá empezó a recibir la pensión de papá, mi hermana ya estaba a punto de recibirse de psicóloga y yo a punto de terminar mi postgrado. Regresé a la casa con mamá y Mónica, entré a trabajar y volví a disfrutar de sus comidas, la plática de sobremesa, la familia que me quedaba y los amigos. Las amigas de mamá continuaron yendo a la casa a comer.

Nunca dejamos de extrañar a mi papá, pero mamá llenaba los estómagos de todos para intentar llenar, en parte, ese vacío.

«Ahora vamos a comer pollo en adobo».

Los tiempos cambiaron, salí del país para seguir estudiando y solo comía lo que mamá preparaba cada vez que la iba a visitar a México. Ella preparaba el menú anticipando mi llegada y me preguntaba: «¿Qué quieres de comer ahora que vengas?». Eso era difícil de contestar porque todo me gustaba. No recuerdo haber pedido calabazas rellenas en salsa de jitomate, no me acuerdo cuándo fue la última vez que las probé. Ahora mamá ya no guisa, por su edad, por la enfermedad de Parkinson que tiene y porque vive en un asilo. Las calabazas me traen a la memoria ratos felices, problemas, risas, enojos, reuniones familiares y con amigos, ratos de ocio, de escuela y de trabajo. Todo ello quedó en México en el cajón de los recuerdos: la cocina, la mesa, la familia, aquello que me sostenía y que en su momento quizás no supe valorar porque nunca pensé que se fuera a acabar. Sé que puedo encontrar todos los ingredientes aquí en Estados Unidos e intentar preparar las calabazas rellenas, pero también sé que no será lo mismo, pues hacen falta los elementos más importantes: la familia, los amigos, los lugares, mi gente.

VIVETTE NOFRIETTA VOTA

Hermosillo, México

RECETA DE ARROZ CON LECHE

INGREDIENTES

- 2 tazas de arroz lavado y escurrido
- 1 litro de agua
- 1 litro de leche entera
- 1 lata de leche evaporada
- 1 lata de leche condensada
- 1/2 taza de azúcar, aproximadamente (es al gusto)
- 2 rajas de canela
- un chorrito de vainilla
- ralladura de limón
- una pizca de sal
- canela en polvo
- pasas

PREPARACIÓN

1. En un recipiente grande, se pone a calentar el litro de agua, la media taza de azúcar y la pizca de sal.

2. Después de que hierva el agua, se agrega el arroz lavado y escurrido.
3. Cuando dé el segundo hervor, se baja el fuego y se deja hasta que se cueza el arroz sin que se seque.
4. Una vez el arroz esté cocido, se le agregan los tres tipos de leche, la ralladura de limón, las rajas de canela, el chorrito de vainilla, y se deja hervir a fuego lento para que se vaya consumiendo poco a poco hasta tener la consistencia deseada.
5. Ya listo, se vacía en un refractario, se le ponen pasas al gusto y se espolvorea con la canela en polvo. En México, usualmente lo comemos a temperatura ambiente.

ARROZ CON LECHE
Vivette Nofrietta Vota

Aún me recuerdo sobre ese taburete de pata coja, que al sentarse en él se mecía de un lado a otro y hacía un sonido divertido... Bueno, a mis seis años todo me parecía divertido. Mi mente vuela a ese tiempo donde corría descalza, con las rodillas raspadas por tratar de trepar árboles, llegar alto, tocar el cielo. Pero mi momento favorito era cuando un sutil olor de leche azucarada salía de la cocina. Ese para mí era un momento mágico. Entonces entraba despacito a la cocina, sin hacer ruido. Me fascinaba escuchar el raspar de la cuchara de palo en la olla de barro y ver a mi abuela enfrascada en preparar ese delicioso arroz con leche que solo ella sabía hacer. La veía verter suavemente la leche mientras meneaba la cuchara y probaba en su mano ese punto exacto de azúcar.

—Ni muy dulce, ni muy desabrido —decía la vieja —. Ahí está el secreto.

Y me guiñaba el ojo.

—¡Deja de moverte así en ese banco! ¡Te vas a caer! Un día de estos te vas a dar un *santo ranazo* que no lo cuentas —decía siempre mi madre cuando me veía mecerme en el taburete.

Pero era inevitable. Con tanta emoción me olvidaba por completo de lo mucho que esto molestaba a mamá.

Y llegaba por fin ese momento. Siempre era yo la primera en recibir su pequeño tazón de arroz con leche calientito, espolvoreado con canela en polvo y salpicado de unas cuantas pasas. Disfrutaba enormemente su cremosa consistencia y ese toque justo de azúcar y sabor a canela.

—¿Cuántas tazas de leche le pone? ¿Cuánto de azúcar? —le preguntaban a mi abuela.

—Nada de eso —contestaba—. Todo es al tanteo; el sabor y la misma consistencia te lo va diciendo. Son los años, querida, son los años... —decía sonriendo.

Para mí, el arroz con leche iba más allá de ser solo un postre, era algo más que pedirlo en el menú de un restaurant. Incluía eso que solo encuentras en casa: risas, convivencia, familia, amor, descanso... el olvido de todo para disfrutar un poco de lo dulce que te ofrece la vida, ese poder pedir más y que te sirvan, el limpiarte con la manga de la blusa y que te den un manotazo, el que guarden en la nevera lo que sobre para luego ir a hurtadillas a «robar» un poquito.

Dicen que el arroz con leche vino de los españoles y que existe desde la edad media. Algunos afirman que viene desde los árabes. Para mí, viene de mi México, de casa de mi abuela, haciéndolo despacito, con mucha paciencia, con mucho amor en su cocina con losetas de Talavera y taburetes de pata corta, con su cuchara de palo y su olla de barro, canturreando quedito siempre esa misma melodía sin letra pero que se escuchaba bonito.

Hoy, cuando preparo ese postre para mí, cierro los ojos y lo como despacito. Entonces, su olor y su sabor traen a mi mente esa mesa larga, larga, larga que tenía la abuela y voy recordando a cada una de esas personas que se sentaban ahí. Muchas de ellas ya no están aquí; unas, porque partieron a ese lugar a donde algún día iremos todos; y otras, porque viven lejos. Pero el recuerdo de ellos en torno a un tazón de arroz con leche está inscrito en mis huesos por siempre, para siempre.

No es un postre, no es la sencillez del platillo, ni los pocos ingredientes; no es el tiempo de cocción, ni lo vistoso del plato. Es el amor, es la familia, es tu país, es ese olor dulzón que solamente a ti y a los tuyos les resulta conocido y te alegra el alma. Ese, señores, es mi arroz con leche.

EDITH OLGUÍN

Hidalgo, México

RECETA DE BARBACOA HIDALGUENSE AL HOYO ESTILO OLGUÍN

INGREDIENTES PARA PREPARAR EL BORREGO

- 1 borrego de 35 a 40 kg
- 30 chiles anchos medianos, debidamente desvenados, tostados, lavados y remojados en agua caliente
- sal gruesa al gusto
- ½ cucharada de pimienta gorda

INGREDIENTES PARA LA BARBACOA

- 24 piedras medianas
- 35 pencas de maguey asadas
- 30 kilos de *muñigas*[1]
- 1 tina de metal con boca ancha y con capacidad de 8 a 10 litros
- 3 cebollas grandes, finamente picadas
- 20 dientes de ajo, finamente picados
- 3 litros de agua
- sal, al gusto
- 1 rejilla metálica

- 4 tazas de garbanzos
- 3 tazas de ejotes, muy finamente picados
- 10 hojas de laurel
- 4 tazas de zanahorias peladas y picadas
- 200 gr de chiles chipotles moritas lavados
- 1 manojo de hierba buena (yerbabuena)

PREPARACIÓN

1. Primero se sazona la carne de borrego con manteca, sal y pimienta. Se acomoda en una cazuela grande para que tome la sazón.
2. Mientras tanto, se colocan en la licuadora los chiles, la pimienta y la sal. Agregue poco a poco agua de la que se usó para remojar el chile hasta que la mezcla se ponga un poco cremosa, pero no muy espesa. Con este licuado bañamos la carne de borrego y lo dejamos macerar por lo menos 6 horas (en caso de que se quiera macerar).
3. Lo más importante para preparar la barbacoa es cavar un hoyo en la tierra de un metro de profundidad y medio metro de ancho. En el fondo del hoyo se colocan unas piedras y un poco de *muñigas* hasta hacer una pirámide, que luego se enciende.
4. Se atiza el fuego para que las *muñigas* se enciendan uniformemente. Esto debe hacerse durante cuatro horas aproximadamente.
5. Con una pala se retiran las piedras y un poco de brasa y se acomoda el resto. Sobre estas ahora se colocan las pencas entrelazadas, procurando que las puntas sobresalgan del hoyo.
6. En una olla metálica se pone el agua y se agregan la cebolla, los ajos, el garbanzo, los chiles, las verduras y, al final, la sal.
7. Se asienta la olla con el preparado en el fondo del hoyo, sobre las pencas, y se coloca la rejilla encima.
8. Se cubre el borrego con una manta húmeda y se coloca sobre la rejilla. Se envuelve con el resto de las pencas asadas

entrelazándolas bien, como si fuera un tamal, de manera que quede totalmente cubierto para evitar que se ensucie.

9. Se coloca encima una capa más de *muñigas*, y sobre estas, las piedras y las brasas que se habían apartado.

10. Se cubre el hoyo con tierra y se deja cocinar por 16 horas aproximadamente. Pasado el tiempo, se destapa con cuidado y se sirve.

---

1. Excremento de ganado bovino que una vez seco se utiliza como combustible.

LA COMIDA UNE

Edith Olguín

No recuerdo momentos más ajetreados que la celebración de algún evento importante en mi familia: bautizos, comuniones, confirmaciones, quinceaños, bodas y graduaciones, por mencionar los más comunes. Lo más complicado es ponerse de acuerdo en la comida que se ofrecerá a los invitados, pues es muy importante su opinión. Semanas o hasta meses previos se manejan ideas como: preparar algún mole o pollos asados, tal vez una taquiza o algún experimento raro, como en una ocasión en que mis tíos hornearon mojarras en hojas de plátano traídas de Veracruz. Aún recuerdo que no sabían buenas. La decisión del menú está muy relacionada con la importancia del evento a celebrar y el presupuesto familiar. Eres afortunado si hay algún padrino que ayude a pagar por la comida y la bebida. Si el presupuesto lo permite, el platillo ideal y deseado es una buena barbacoa de borrego al estilo Hidalgo.

En mi familia fuimos afortunados, pues mi padre y sus dos hermanos fueron muy solidarios, creativos y aventados. Ellos mismos se encargaron de todo el proceso de cocer la barbacoa para muchas de las celebraciones familiares. Y no solo ellos, toda la familia ayudó a lograrlo y a continuación explicaré por qué lo digo así.

Mi padre mismo cavó el hoyo que se convertiría en horno atrás de nuestra casa, el cual fue utilizado para preparar decenas de barbacoas.

Una de las tareas más importantes era elegir el borrego ideal, el cual debía tener el tamaño correcto para alimentar a la familia e invitados, calculando siempre un porcentaje adicional para que hubiera carne sobrante y tener un buen recalentado a la mañana siguiente. Mi padre y sus hermanos no contaban con la experiencia suficiente para realizar dicha selección, entonces buscaban la opinión de mi abuelo, el padre de mi madre, quien iba con ellos a visitar diferentes corrales en busca del borrego perfecto y a negociar el precio justo. Teniendo el ejemplar ideal, se pactaba la fecha de entrega, que era siempre un día antes del evento celebrado. Semanas antes se iniciaban los preparativos. Mis primos, hermanos y yo éramos llevados a la zona donde los toros y vacas pasteaban para recolectar *muñigas*[1], que tenían que estar completamente secas. Los niños pequeños poníamos las *muñigas* en costales y los más fuertes cargaban los costales hasta la camioneta. Mi papá y sus hermanos buscaban las mejores pencas de maguey, las cortaban y quitaban las espinas. Mi mamá y las esposas de mis tíos buscaban las piedras de río con la textura y tamaño adecuados.

Todos estos materiales se acumulaban hasta tener la cantidad necesaria para cocinar un borrego. Dos días antes, mi mamá y mis tías se coordinaban para decidir quién cocinaría el arroz, los frijoles fritos, las salsas y las tortillas. Recuerdo ir al mercado con mi mamá a comprar los ingredientes de lo que a ella le tocara cocinar, usualmente elegía el arroz rojo. Lo más gracioso es que ella no lo cocinaba, sino que le pedía a su madre, mi abuela, que lo hiciera. Mi mamá preparaba todos los ingredientes y tenía lista una cazuela de barro gigantesca. Cuando mi abuela llegaba, y como por arte de magia, después de un tiempo que no sé decir si eran minutos u horas, pero puedo decir que era mágico, al destapar la cazuela se podía ver un arroz coloradito, esponjadito y que olía delicioso.

El trajín durante el atardecer del día anterior a la celebración era intenso. Mi casa era la locura. Personas saliendo y entrando apresuradamente con diferentes cosas en las manos: verduras, ollas, refrescos, cervezas, sillas, mesas, etc. Mi padre y sus hermanos comenzaban a encender fuego al horno para tener suficientes brasas ardiendo. Se colocaba una tina de metal con un poco de agua, cebollas, garbanzos, zanahorias en trozos, hojas de laurel, dientes de ajos y sal. Esta tina recibiría los jugos naturales que se desprenderían de la carne durante su cocción, y producirían un caldo maravilloso al que le llamamos consomé. La mano santa, y a la que se le consideraba que tenía la mejor sazón para el consomé, era la esposa del hermano mayor de mi padre. Ella decía cuánto de cada cosa. Nunca vi que hiciera mediciones de nada, era como si su mano supiera, por sí misma, cuánto era suficiente.

Terminado este proceso, mi padre y sus hermanos procedían a acomodar las pencas de maguey de manera tal que la tina y la carne quedaran cubiertas herméticamente, pues la entrada de algo de ceniza o humo podría ser devastadora para la carne. Después se cubría totalmente con *muñigas*, y se soplaba fuertemente para reavivar el fuego de las brasas que se encontraban abajo. Y ahí se iniciaba un largo proceso de 16 horas, durante las cuales mi padre y sus hermanos se acercaban cervezas, tomaban asiento y pasaban el tiempo platicando, manteniendo a los niños alejados del horno y asegurándose de que el fuego fuera estable durante todo ese tiempo. A la medianoche, los guardianes tomaban turnos cada dos horas para continuar con la misión: mantener el fuego estable y constante. Este proceso siempre me intrigaba porque yo me preguntaba cómo sabrían ellos que ya era momento de apagar el fuego. Pero no hay manera; sin embargo, si se hubiera elegido el borrego correcto y mantenido el fuego perfecto durante 16 horas, el resultado sería una barbacoa suave y jugosa. Aún recuerdo algunas discusiones de mis tíos echándose la culpa el uno al otro si la carne no estaba bien cocida. En aquellos tiempos yo no tenía idea, ni dimensionaba, qué tan difícil era este proceso; solo me encantaba jugar con mis primos y ver a toda la familia conviviendo.

Tengo que hacer una confesión: soy vegetariana desde hace dos años y tal vez nunca probaré un taco de barbacoa ni un consomé otra vez. Sin embargo, recordaré este ritual como una de las más preciadas memorias de mi infancia; me conmueve rememorar cómo todos trabajábamos para disfrutar de una comida juntos. Puedo decir, sin dudarlo, que la comida une.

---

1. Excremento de ganado bovino que una vez seco se utiliza como combustible.

MACARENA SAUCEDO ZAVALA

Ciudad de México, México

RECETA DE POLLO A LA NARANJA

INGREDIENTES (PARA 6 RACIONES)

- 3 piernas de pollo
- 3 muslos de pollo
- ½ pechuga de pollo partida por la mitad
- 1 litro de jugo de naranja natural
- ½ cebolla blanca
- 3 dientes de ajo
- 1 pimiento morrón verde
- 1 pimiento morrón rojo
- 10 papas cambray
- 1 cucharadita de orégano
- 1 cucharadita de caldo de pollo en polvo
- 2 cucharadas de aceite vegetal (canola u oliva)
- ½ litro de agua
- 2 hojas de laurel
- 3 clavos de olor
- 5 pimientas gordas
- 5 pimientas dulces
- sal y pimienta, al gusto

PREPARACIÓN

1. Parta a la mitad las naranjas y exprímalas a manera de sacarles todo el jugo posible.
2. Lave el pollo.
3. Corte en julianas los pimientos morrones.
4. Rebane en julianas ¼ de cebolla
5. Ponga a calentar su cacerola al fuego y vierta el aceite. Cuando este caliente, deposite la cebolla en julianas y el pollo para sofreírlo.
6. Agregue las papas cambray.
7. Agregue medio litro de agua, las hojas de laurel y deje que alcance punto de ebullición.
8. En la licuadora, vierta el jugo de naranja, ¼ de cebolla, 3 dientes de ajo, el caldo de pollo en polvo, el orégano, pimientas gordas, pimientas dulces, clavos, la sal y la pimienta. Licúelos.
9. Vierta el jugo en la cacerola y deje a fuego medio con tapa durante 10 minutos.
10. Agregue los pimientos morrones cortados en julianas.
11. Deje a fuego medio 10 minutos, pero ya sin tapa.
12. Apague y deje reposar. Debe quedar una consistencia un poco espesa y agridulce.
13. Puede acompañarlo con arroz blanco hervido, puré de papa o simplemente con bolillos o tortillas.

¡¡DEL PLATO A LA BOCA... EL AMOR COLOCA!!

Macarena Saucedo Zavala

Nací en el seno de una familia dispareja: mi padre tenía cuarenta años y mi madre solo veinte. Sin duda, es una diferencia inmensa de edades e intereses; pero la pareja se nutrió de esa ilusión que caracteriza a dos personas que han decidido comenzar a experimentar la vida juntos, sobre todo con la bella y enorme emoción por la espera de un pequeño ser, producto de su amor, o sea *yo*.

A mis siete años, resultó que la cigüeña por fin decidió dejar en mi hogar a aquel hermano que tanto había añorado. Y tres años más tarde hizo acto de aparición el clásico, y muy conocido en mi cultura, «pilón».

Vivíamos en el aquel entonces en el llamado Distrito Federal, actualmente CDMX (Ciudad de México). Nuestros padres eran maestros normalistas con dos plazas cada uno, a un centímetro de la esclavitud. Ya te imaginarás el ritmo de vida: salir de tu casa a las cinco de la mañana, regresar a las nueve de la noche, segundos, minutos, horas, días agotadores, pero finalmente nos habíamos convertido en una «familia muégano».

Durante los días de semana era muy complicado poder cocinar y disfrutar de alimentos en el hogar, así que en general de lunes a viernes las comidas eran consumidas en las deliciosas, sanas y exquisitas calles de nuestra ciudad.

217

Sin embargo, cuando llegaba el fin de semana, agárrate. Sábado y domingo, independientemente de ser los días más esperados por el descanso y la despertada tardía, había tiempo para el juego, además de algunas otras actividades que saldrán a la luz conforme avanzo con el relato. La comida de mamá del fin de semana era la cereza del pastel que, sin lugar a duda, era como probar el mismísimo elixir de los dioses; en este punto, definitivamente había valido la pena el sacrificio semanal.

La dinámica de sábados y domingos no era nada extraordinario o fuera de este mundo. Desayuno, comida y cena transcurrían con los cinco individuos que conformaban la familia sentados a la mesa, sin dejar a un lado a aquella criatura pachona y peluda que llevaba por nombre Poncho, ese pequeño *french pooddle* que, cuando hacía de las suyas, se convertía en Alfonso. Parecía que le pagaban por cuidar nuestras espaldas cada que estábamos en la mesa. Bueno, en realidad, la espalda, las piernas, las manos, lo que se pudiera. Al final de cuentas su intención era que en algún momento de esos episodios nos ganara la distracción y cayera algo al suelo para poder degustarlo a sus anchas...

Escribo estas palabras y todo un universo de olores, de sensaciones, pensamientos y emociones se gestan y desatan en mi ser.

Si mi madre no podía cocinar para nosotros entre semana, sin duda alguna lo compensaba tres veces más el fin de semana, con todo su amor y cariño, ese amor incondicional que no espera nada a cambio excepto mandarte a la tienda mínimo cuatro veces al día porque se le acabó la cebolla, ahora el ajo y tal vez después la sal. Y ese inconmensurable amor era capaz de manifestarlo en cualquier cosa, una mirada con aquel par de luceros marrones llenos de planes, metas e ilusiones; una palabra con aquella melodiosa voz que también, si no sabías sobrellevarla, se convertiría en un gran grito; una caricia llena de energía curativa para el alma. Lo más sorprendente es cuando lo plasmaba en algún platillo donde invertía al menos dos horas de su valiosa vida, entre la pelada, lavada, picada, cocinada, y demás... *pfff*, ese olor, ese olor que nos hacía levitar, esa vista que despertaba ansiedad, esa consistencia incomparable y sobre todo el sabor, ¡Ay, Dios! El sabor es indescriptible.

El sabor nos transportaba a lugares inexistentes y desconocidos y puedo decir *nos* transporta, porque de inmediato mi papá con el primer bocado comenzaba a cantar mientras mis hermanos dejaban de hablar o se desinteresaban de los otros, y yo simplemente pedía más.

Angélica de nombre, Ica de hipocorístico y Buen Sazón de apellido, ella siempre alegaba que no cocinaba bien, que no era nada extraordinario, sin dejar de aceptar los halagos y disfrutar el placer causado a los suyos. Cabe mencionar que tenía un recetario hecho por ella misma, y cualquier comida, guisado, antojito o platillo era fácil de ejecutar sin recibir una guía minuciosa de cómo hacerlo. Su amplia gama de delicias culinarias nos mantenía con el estómago lleno y el corazón contento.

Dentro de la variedad encontramos huevos rancheros con frijoles refritos, chilaquiles verdes, tlacoyos, caldo de camarón (uno de mis favoritos), espagueti a la boloñesa, pescado empanizado con verduras al vapor, puré de papa, sopa de pasta, bacalao, hojaldres, pay de queso, gelatina de guayaba, tinga de res, enchiladas suizas, fabada, paella, albóndigas, chicharrón en salsa verde, quesadillas de huitlacoche, quesadillas de hongos con queso, mixiotes, pollo al horno con espagueti blanco, pollo enchilado, asado de res, adobo de puerco, en fin... no terminaría y mi hambre crece por segundo.

Hoy voy a hablarles de uno, muy sencillo, pero lleno de todo, pollo a la naranja. Este no es un pollo a la naranja cualquiera, es uno lleno de historias y relatos, de sueños e ilusiones, de sabores y sinsabores, de recuerdos y añoranzas.

Este platillo era de los más demandados en el hogar y no solo por mí, sino por todos. Cuando mamá preguntaba «¿qué quieren de comer?», contestábamos al unísono «pollo a la naranja», y ella, con esa sonrisa característica y asintiendo con la cabeza, comenzaba a dar instrucciones de lo que se tenía que comprar para satisfacer nuestros caprichos gastronómicos.

Era aquí cuando el pollo a la naranja se volvía una serie de actividades para toda la familia. Papá prefería hacer las compras con tal de que mamá no fuera al súper y se distrajera en el departamento de ropa para bebé, mientras mis hermanos se quedaban de guardia en casa por si se le ofrecía algo a mamá, «por lo mientras».

Entonces comenzaba ese ambiente familiar, el calor de hogar, el olor a cariño, donde el esfuerzo de todos estaba siendo parte del gran proceso gastronómico, desde empezar a picar cebolla y la chilladera se desataba por toda la casa, la pelada de ajos que el olor te quedaba en los dedos hasta dos días como mínimo aunque te lavaras las manos (¿pero qué tal si te crecían las uñas?) hasta exprimir las diez naranjas para obtener el litro que mamá necesitaba.

Más allá de las cosas físicas con las que pudiéramos contribuir, al probar un bocado de este platillo vienen a mi mente las interminables pláticas y la mágica conexión entre todos, hablando de todo y nada, mi papá sentado en la mesa picando algo o simplemente escuchando, mis hermanos rondando por ahí y yo ayudando a mamá, como hija mayor que soy, lo que hacía con gusto.

Si pasamos a la lavada de trastes, ahí era otra historia. En ese momento de interacción se tocaban temas tales como «el camión de la basura no ha pasado hoy», o «tenemos junta en la dirección 2 de la SEP el próximo lunes», o «mamá, tengo que comprar cuatro monografías, dos biografías y dos mapas de la República Mexicana, uno con y otro sin nombres», o «Macarena, ¿cómo van tus calificaciones de este semestre?» (Ahí yo decía: «*Compermisito*, piernas pa que las quiero...»). En fin, esas palabras, esas miradas, olores y sabores, vuelven a mi mente con el simple hecho de mencionar «pollo a la naranja».

Sin duda fueron tiempos hermosos y llenos de aprendizaje y amor, momentos que se quedan grabados en la mente y en el corazón y que con el simple hecho de recordarlos vuelves a vivirlos y a sentirlos; la excelente época en familia con mis padres y hermanos. Como bien dicen, debemos disfrutar cada segundo de nuestra existencia. Cuando somos jóvenes, no le damos importancias a esos dichos; sin embargo, pasa el tiempo, el mundo gira, todo cambia, uno crece, y en la madurez se reconoce la sabiduría que ellos encierran.

Así como todo suena lindo, también existen dolores y amarguras. Mis padres se divorciaron y con esa separación se fue todo lo que se habían construido durante veintiséis años, y aunque mamá seguía cocinando delicioso, las comidas definitivamente ya no fueron iguales. Cuatro años más tarde mi madre fallece de la nada, a sus cincuenta años, sin ton ni son, sin decir agua va y entonces ahí sí, el mundo de más de uno se derrumba.

Como todo en esta vida, la función debe continuar, aunque nunca deje de doler, pero aprendes a vivir con esa ausencia y entonces ya solo te quedan las fotos, los recuerdos, los olores y los sabores para volver a sentir en una ligera escala todas esas inmensas emociones que viviste, las que a su vez te trasladan a tu tierra, a tu gente, a tu origen, a tu hogar. Porque, aunque aquí tenemos un techo que nos cobija, nada se compara con ese hogar donde crecimos y vivimos tantas cosas hermosas, tantas lágrimas, emociones, tristezas, festejos, tanto amor.

Afortunadamente, fui hábil para aprender a cocinar y aprenderme las recetas de mamá, porque de esa manera puedo transportarme por segundos al seno materno y sentirla cerca de mí, apapachándome. Pero si cocino y como este pollo a la naranja de mamá, mi ser se inunda del mejor recuerdo. A su vez puedo compartirlo con mis hermanos y mi papá, y sobre todo puedo transmitirle ese amor a mi hijo. Me impulsa la necesidad de hacerle sentir a mi hijo ese gran amor que siento por él y que a través de una comida deliciosa y una caricia puedo transmitirle los sabores de mi tierra.

AMPARO TORRES BLANDÓN

Estelí, Nicaragua

RECETA DE SOPA DE PIEDRAS (O QUESO)

INGREDIENTES

- 2 cucharadas de mantequilla lavada.
- 1 cabeza de repollo, cortada
- 6 tallos de apio, cortados
- 6 cubitos de caldo de pollo
- 4 papas grandes, cortadas
- 3 cebollas medianas, cortadas
- 2 dientes de ajo, cortados
- 4 zanahorias grandes, en trocitos
- tortas de queso (ver receta a continuación)
- pimienta y sal, al gusto
- especias y chiles, al gusto (hierba buena o yerbabuena, cilantro, orégano, chicoria, chile de árbol, etc.)

PREPARACIÓN

1. Caliente el aceite en una cacerola grande. Sofría la cebolla hasta que esté tostada.

2. Incorpore poco a poco el resto de las verduras. Cocine los ingredientes por 15 minutos más.

3. Ponga el caldo de pollo, (o cubitos de pollo, o del sabor que le guste), y hierva a fuego lento por 20 minutos o hasta que todos los vegetales estén tiernos. Se puede añadir arroz durante los últimos 15 minutos.

4. Haga un *recadito* con las especias a su gusto.

5. Al final, deje caer sobre la sopa las tortas de queso y agregue un poquito más de pimienta y sal.

INGREDIENTES PARA LAS TORTAS DE QUESO

- 1 libra de queso suave o fresco
- 1 libra de masa o masa harina
- 1 cucharadita de achiote
- 2 huevos
- ½ litro de aceite

PREPARACIÓN DE LAS TORTAS DE QUESO

1. En un recipiente, agregue la masa, agua en cantidad necesaria, los huevos y el queso previamente rayado.

2. Amasar hasta que tenga una consistencia dura, como para hacer tortillas. Forme las tortas con esta masa.

3. Fría las tortas en una cazuela u olla con aceite hasta que queden crujientes y doraditas.

4. Puede ponerlas sobre la sopa o servirlas por separado.

SOPA DE PIEDRAS

Amparo Torres Blandón

En un puntito, en el norte de Nicaragua, se ubica la ciudad de Estelí (el diamante de Las Segovias), rodeada por unas rocosas y empinadas montañas. Ahí se entretejen estos nostálgicos y bellos recuerdos que, al tropel de las piedras y de verdes mosaicos, se reviven en cada suspiro que se escapó en esos hermosos y efímeros momentos. Aún hoy puedo percibir el olor a tierra mojada, el murmullo del río y los trinos de los pájaros que revoloteaban animándonos a disfrutar esos irrepetibles instantes.

Podía imaginarme cómo alguien que disfruta la cocina se las ingenia para que la armonía y el amor puedan alumbrar una gran obra, sin necesidad de tantos utensilios o grandes porciones de productos para armar una excelente comida.

Puedo ver con detalle esos fresquecitos vegetales a la orilla de la quebrada, los ayotes o calabacitas que con sus guías querían alcanzar lo más alto de los mangales. Las chayas con su desnudez y sus púas, que parecen decir «si me tocas te espinas»; las papas, que con sus flores anuncian «estoy lista para deleitarte», y las cebollas y los ajos entrelazados formando una hermosa trenza. Hoy sigo soñando al pasar por estos campos que me han hecho evocar estos momentos.

Visualizo a mamá (Josefina Blandón) con su «pantalón de remaches» *Nomar* y una camisa a cuadros de mi padre, cortando —en la hortaliza familiar, en el patio trasero de la casa— las verduras. Y hasta la puedo escuchar tarareando el tema tan popular *La pelo e mai* (la pelo de maíz) del cantante, compositor e imitador nicaragüense Otto de la Rocha:

> *Onde está mi pelo e mai.*
> *onde está mi virgencita.*
> *Se me fue pa los United,*
> *vuela vuela, patroncita.*

La veo deleitarse con el olor a café recién hervido esperando a ser bebido.

Y casi puedo oler el sofrito de las verduras, con las especias que me hacen cerrar los ojos y recordar ese momento, como queriendo introducirme en una cápsula del tiempo para regresar al pasado y volver a sentir esa emoción que solo se siente cuando se vuelve a abrazar a los seres queridos. Éramos una familia muy bulliciosa y alegre. Aparte de mamá, la familia estaba constituida por Justo Pastor Torres (mi papá), cinco hermanas y seis hermanos.

A pesar de los altibajos de la vida, siempre fuimos muy unidos. Cada vez que estábamos juntos, generábamos algún hecho insólito que nos conduciría a contar, una y otra vez, la misma historia con lujo de detalles. La vida nos llevaría por rumbos diferentes y enormes distancias a causa de acontecimientos adversos cuyo advenimiento ya se presagiaba.

He aquí la narración de la historia de la sopa de piedras.

Cada vez que terminaba una semana escolar, como de costumbre, debíamos regresar de inmediato a casa.

Una tarde, por el camino —pletórico de hojas de todos colores invitando a hacer unas cuantas volteretas o a ejecutar alguna danza sin parar hasta rodar por el suelo y quedar recubierta por esas fantásticas alfombras de diferentes colores: rojas, cafés y anaranjadas— uno de mis hermanos caminaba cabizbajo, taciturno. Aunque él no hablaba, yo casi podía leer sus pensamientos.

Corrí hacia él y, como jugarreta, iba haciéndole cosquillas en su estómago vacío. Pero no reaccionó de la manera como él solía hacerlo. Un poco extrañada, le pregunté: «¿Por qué tan calladitooo? ¡A estas alturas ya deberías haber hecho mil travesuras!». Él me miró como queriendo decir todo con una sola frase, pero no se atrevía a decirlo, pues debido a la premura del tiempo no ameritaba ponernos a pensar en fantasías.

Después de caminar y pasar la quebradita que nos anunciaba la cercanía de nuestra casa, por fin mi consanguíneo, de pelo café y ojos amarillos-verdes, pudo, entre susurros, decir algo: «Tal vez mi madre tenga algo de comer sabroso, como ella sabe inventar».

Por esos días había escasez de alimentos porque en la región imperaba una gran sequía y teníamos que comer lo que estuviera al alcance de nuestras mermadas posibilidades. Por eso mi hermano no se oía tan feliz de regresar a casa: no sabía qué iba a comer.

Por fin llegamos a nuestra morada, que por cierto mi mamá mantenía siempre muy arreglada, esperando que sus hijos llegaran de la escuela. Apenas mi hermano se paró en la puerta, preguntó por el «menú del día». Desde la cocina aún humeante por la comida que estaba preparando, mi mamá, con voz alta, le contestó: «¡Ven, acércate y mira qué hay sobre la mesa!». Pero cuál fue el asombro de mi hermano cuando sobre la mesa miró un canastito repleto de unas bellas piedras que mi mamá con tanto empeño había decorado. En cada piedra se leían nuestros nombres, y con ellos una delicada palabra de agradecimiento por ser sus hijos: amor, ternura, silencio, paz, alegría, gracias y perdón.

Un poco angustiado, mi hermano replicó: «Mamá, no hay nada sobre la mesa más que piedras». Ella, con picardía, le contestó: «Son las piedras que usé para hacer la sopa que les tengo». Mientras mi mamá servía la sopa, mi hermano seguía intrigado, pero no preguntó más. Sin embargo, mi mamá pidió un minuto de silencio y nos dijo que, antes de empezar a comer, cada uno tenía que decir una oración con la palabra que le había tocado y que nos puso a cada uno en el lugar de la mesa.

Mi mamá tomó la iniciativa y comenzó a orar diciendo: «Yo hago votos para que siempre pueda verlos unidos, alegres y agradecidos, y no importa adónde la vida los pueda llevar; lo más trascendente es que tengan presente este momento. Un minuto de silencio por todos los que dan la vida por nosotros. Que luchen por la paz, que den ternura al afligido y, sobre todo, que sean agradecidos con todo lo bueno que les rodea».

El primer hermano de los que estábamos presentes dijo: «Gracias por tener una madre como tú»; el segundo: «Por la ternura que nos tienes»; el tercero: «Por el silencio que nos has dado hace unos segundos»; el cuarto: «Por la paz que reina en nuestra casa»; el quinto: «Por la alegría de este momento». El sexto, con voz baja, dijo: «Gracias por la sopa de piedras que ya me saboreo». Y yo pedí perdón, porque no sabía si mis hermanos se habían enterado si en verdad era una sopa de piedras.

La sopa estuvo deliciosa. Todos quedamos satisfechos y muy contentos de haber disfrutado esa tarde inolvidable. Pero mi hermano seguía pensativo. Miraba una y otra vez, como preguntando si de verdad mi mamá había usado esas piedras que seguían en la mesa. En ese momento no sabíamos si aquella sería la última cena que pasaríamos juntos.

Yo me adelanté a los hechos. Quería tener muy bien grabada en mi memoria esa maravillosa tarde y empecé a preguntarle a mi mamá cómo había hecho esa deliciosa e inolvidable sopa. Sonriente, ella me dijo: «No pienses, como tu hermano, que usé esas piedras que están sobre la mesa. Las usé solo como un ejemplo. Quería darles una simple lección para que, cuando yo no esté a su lado, recuerden siempre que quiero que sean jóvenes de bien, que no olviden esta historia. Siempre estén listos para servir a los demás».

La sopa es muy simple. Para darle un buen sabor no necesitas carne. Puedes hacerla con las verduras y las especias que te gusten y con unas cucharaditas de mantequilla de costal o lavada.

Primero, en una olla grande, pones la mantequilla a calentar, luego cortas en trocitos las cebollas y los ajos, y los sofríes hasta que estén dorados. Luego, poco a poco, incorporas los vegetales. Cocinas los ingredientes por 15 minutos más. Le pones cubitos de pollo y agua, y la dejas ahí otro rato, a fuego lento, hasta que las verduras estén tiernas. Al final, puedes añadir arroz y un recadito o sofrito a tu gusto. Y ya cuando vas a servir, dejas ir las tortas que ya tienes previamente preparadas.

La preparación de las tortas es muy sencilla: a la masa le pones queso, achiote y huevos. Si quieres, le puedes agregar especias o cebolla y ajo, o si no, las dejas simples y las haces en forma alargadita como una roca y las pones a sofreír en aceite caliente hasta que estén doraditas por los dos lados. Al final, las dejas ir sobre la sopa y con los primeros hervores la apagas y listo: a paladear este delicioso momento.

Transcurrió el tiempo. Los infortunios de la vida nos impulsaron a salir de nuestra patria y un día aquí, en este gran país que nos dio la mano, volví a reunirme con mi hermano, quien se atrevió a preguntarme si me acordaba cómo hacer la sopa de piedras.

Un poco asombrada y con deseos de reír le contesté: «Por supuesto que sí. Sí me acuerdo. ¿Quieres que la hagamos?». Mi hermano, con un semblante de inseguridad, me contestó: «¿De dónde vas a agarrar de esas piedras?». «No te preocupes», le dije, «hoy vas a saber cómo hacerla».

Pero si en realidad mi hermano creyó que mi mamá había elaborado la sopa de aquellas piedras, cuando le enseñé cómo hacerla se sonrió y, con un tono de inocencia, dijo que él pensaba realmente que mamá iba a la quebrada y de ahí sacaba aquellas sabrosas piedras.

Al saber la verdad, se dio cuenta de que mi mamá nos había contado la más bonita historia, la cual, a pesar de las contingencias de la vida, nos mantendría unidos. Que el perdón atrae la paz; la paz, el silencio; el silencio, la alegría; la alegría, la ternura, y la gracia engloba todo.

Esas rocas exquisitas constituyen la materia prima para una sola sopa de piedras. Espero que la disfruten como yo, que todavía me regodeo con las etéreas emanaciones de su aroma y su sabor de aquella maravillosa tarde que me dejaron esas inolvidables piedras.

JULIO CÉSAR TORRES HERNÁNDEZ

Estelí, Nicaragua

RECETA DE NACATAMAL NICARAGÜENSE

El nacatamal es una comida muy típica de mi país, Nicaragua. Se prepara a base de masa de maíz y carne de cerdo, pero se puede substituir por cualquier otro tipo de carne.

INGREDIENTES (PARA 50 NACATAMALES)

- 10 tomates
- 10 papas grandes
- 10 chiltomas pequeñas
- 4 cebollas
- 4 cabezas de ajo
- achiote
- hierba buena (yerbabuena)
- 1 litro de manteca de cerdo
- 1 docena de naranjas agrias
- 7 libras de masa de maíz
- 8 libras de posta de cero y costilla
- 2 libras de arroz
- 15 hojas de plátano
- pasas

- aceitunas
- alcaparras
- sal, al gusto
- agua, la necesaria
- 1 cucharadita de pimienta
- 1 cucharadita de comino
- 1 cucharadita de orégano
- papel de aluminio

PREPARACIÓN

1. Se licúan la chiltoma, la cebolla, el ajo, el achiote y las 4 papas previamente cocidas con la hierba buena.
2. Se procede a suavizar la mezcla añadiendo la sal y la manteca.
3. Se pone a cocinar en una olla, siempre revolviendo para evitar que se pegue, hasta que esté a punto (es decir, cuando se mire el fondo de la olla en cuanto se revuelve).
4. Se retira la olla del fuego, se deja a que se enfrié un poco y luego se le agrega el jugo de la naranja agria a la masa.
5. Se lava bien la carne, se corta en trozos y se prepara con achiote, cebolla, naranja agria, especias y sal.
6. Se lavan las hojas de plátano y se ponen a sancochar, evitando que se cocinen demasiado.
7. El arroz, previo lavado, se deja en remojo por una hora.
8. Se ponen todos los ingredientes cortados en julianas, o a lo largo, en diferentes recipientes para asegurarse de que no se nos olvide ninguno.
9. Se procede a colocar dos hojas de plátano cruzadas, se les agrega los ingredientes en este orden: la masa, el arroz, la carne, la chiltoma, la cebolla y la papa, todo en rodajas pequeñas. Por último, se agregan las pasas, las aceitunas y las alcaparras.
10. Una vez puestos todos los ingredientes, se doblan las esquinas de las hojas de manera que no se salga la masa y se

amarra la envoltura con una *cabulla*, o pieza de mecate fino, en forma de cruz.

11. Finalmente, se colocan los nacatamales en una olla grande para cocer, con poca agua, siempre observando que no se seque por completo y agregando un poco de agua si es necesario; no mucha, ya que la cocción es al vapor.

12. Después de unas 3 horas, se prueba uno para comprobar si ya está cocido.

13. Cuando estén listos, se acompañan con tortillitas caliente o pan, y un cafecito o flor de caña.

UNA DELICIA DE MI PATRIA

Julio César Torres Hernández

Surge del maíz la harina blanca,
la harina morada y la amarilla
y, con agua, forma masa blanda
que en la cocina crea maravillas.

Recuerdo cómo la tierna abuela,
veloz, preparaba la colorida masa;
el arduo trabajo, decía, no desvela
a quien ama cocinar en casa.

Era ella directora de su orquesta,
era su cocina selecto escenario;
era del sabor magnífica maestra
que nos deleitó en cada aniversario.

Frescos vegetales y frutas saludables
mostraban su impoluta elegancia;
¡Oh, lozana visión insuperable!
¡Oh, riqueza y prodigio de abundancia!

Cebolla, (ji)tomate, ajos y alcaparras,
la dulce hierba buena, plátanos y arroz,
Pasas y aceitunas, ciruelas y naranjas,
¡armonía deliciosa de sabores y de amor!

Una hoja de aluminio por abajo,
otra hoja de banano por encima;
en el centro, masa, carne, aroma de ajo;
sinfonía culinaria en ritmo y rima.

Con detalle son envueltos y amarrados;
cada uno cocinado a fuego lento,
respiráis, inhaláis embelesados
exquisito olor que trae y lleva el viento.

Y así, en forma sencilla se presenta,
el delicioso nacatamal nicaragüense;
jugoso, aromático, suave gusto a menta;
saboreado al ritmo del Güegüense.

De la lejana infancia está el recuerdo
de aquello que tan feliz ayer me hizo;
hoy revivo esa memoria en mi destierro
y mañana... yo sé que no habrá olvido.

Aunque aquí degusto un Flor de Caña,
ron que presta calor al nacatamal,
¡añoro el trino que al oído me acompaña
del guardabarranco, su canto matinal!

Los aromas me encienden los sentidos,
mi alma vibra en remembranza, emocionada;
mi corazón desacelera sus latidos
mi vida, al fin, no es vida fraccionada.

Lunas luminosas han pasado por mi vida,
las ocultas guardan de esa vida los secretos;
nacatamales sigo degustando hoy día;
ignoro las distancias y elimino los decretos.

En esta tierra que, grata me ha adoptado,
aún disfruto de mi patria su delicia;
más, melancólico, reconozco, no he olvidado
a la abuela, su comida y su caricia.

¡Ojalá asumieran los gobiernos
el hambre que sufren los humanos,
y amorosos, colmaran sus inviernos
de calor y de alimento a mis hermanos!

MARÍA M. URBINA FLORES

Olanchito, Honduras

RECETA DE SOPA DE CAPIROTADAS HONDUREÑA

INGREDIENTES

- 2 tazas de harina de maíz
- 1 huevo
- 1 chile
- 3 tomates
- 1 cebolla
- ½ libra de queso seco o parmesano
- ¼ de quesillo o queso mozzarella
- yuca
- repollo
- papas
- 1 litro de aceite
- sal y pimienta, al gusto

PREPARACIÓN

1. Se licúan el chile, el tomate y la cebolla.

2. Se agrega la harina de maíz, sal, pimienta, huevo y los quesos bien picados.
3. Se mezclan hasta formar una masa bien sólida y así formar bolitas.
4. Se ponen a freír las bolitas hasta dorar, se agregan a la sopa que contiene chile, tomate, cebolla, consomé, margarina, el repollo picado como para ensalada, las papas en cuadros al igual que la yuca.
5. Opcional: agregar crema de hongos Maggie para darle sabor y achiote para darle más consistencia.

RECUERDO NOSTÁLGICO DE TU SOPA DE CAPIROTADA

María M. Urbina Flores

A h... ¡Recuerdos! Recuerdo tu cabello plateado rodeando mis mejillas y, al mismo tiempo, limpiando mis lágrimas; te imagino y mi ternura no deja de abrazarte; hiciste que te extrañara cuando te marchaste de mi lado, e insistí buscarte en los aromas de mi cocina y en el aroma particular de esas flores que plantaste y que, al entrar por mi ventana, me dice que tú sigues allí. Entonces, cuando llegan esos recuerdos tan nostálgicos, y cada vez que la brisa viene, el bendito olor de tus cabellos de plata se asoma a mi alma y nunca quiero dejar de mirarte, sentirte en ese delicioso aroma de tu sopa de capirotada que siempre me provocaba abrazarte. Cada vez que miro al cielo, ese aroma del color azul me hace añorarte, y es cuando más te quiero. Te miro al sentirte en la neblina de mis mañanas, como cuando juntas nos reíamos de los bellos amaneceres; te quiero cuando la lluvia cae y empiezan a dolerme los olores y los recuerdos de tus sabores. Te miro y te siento en cada beso en la frente que, día a día, me ceñía a tus grandes amores y sabores, y esos bellos recuerdos nostálgicos se envuelven en mis dolores. Te veo en cada sonrisa desplazada y en cada mirada ilusionada. Te miro en esos pañuelos que cubrían tus cabellos de luna, que era lo que me provocaba para acercarme a tus brazos. Cuando en tus patios corría, tu voz calmada y sollozante me llamaba a mi sopa de capirotada.

Ah... ¡Recuerdos! Recuerdo que, cada tarde, te miraba tejer en esa hamaca blanca; nunca olvidé el rico aroma de tu amor y tu deliciosa sopa de capirotada. Esa fragancia de tus bellos recuerdos me hace verte en todo lo que mi alma respira, sobre todo cuando mis pensamientos abren tu cocina y me deleito con esa inolvidable e inmemorable sopa de capirotada. Nunca sacaré de mi memoria las grandes remembranzas que quedaron plasmadas en mi alma desde tu tierna despedida. Te sentí marchar y nunca te dije adiós porque quise que te quedaras en todo lo que respiro y en toda alma que aún siente.

Ah... ¡Recuerdos! Recuerdo ese sonido de paz y, al pasar por tu verde colina, sabía que estarías allí, esperando, con tu rica sopa de capirotada. Es ella la que ahora hace que te extrañe y te recuerde, en cada hoja que se mueve al paso de la brisa fresca y aromática, y en ese cantar de los pájaros, y en el susurro de cada abuela con cabellos plateados. Te sigo mirando cada vez que preparo mi sopa de capirotada y mis lágrimas brotan nostálgicamente al saber que el ingrediente principal eras tú, abuela, con tu sopa de capirotada, que ahora me hace esperarte en el tranquilo susurro de mi recuerdo. Te seguiré mirando en cada platillo de mi cocina, en la brisa y el cantar de los pájaros, en cada humilde aroma de flores, en cada amanecer nublado y, hasta cuando mire al cielo, sentiré ese memorable aroma a tu sopa de capirotada.

Ah... ¡Recuerdos!

FRESIA LIBERTAD VALDIVIA GÁLVEZ

Lima, Perú

RECETA DE PAPA A LA HUANCAÍNA

La papa a la huancaína es un delicioso platillo peruano que suele prepararse como acompañamiento del arroz con pollo o como una entrada a la hora del almuerzo.

INGREDIENTES

- 5 ajís amarillos frescos
- 2 dientes de ajo, pelados
- 400 gr de queso fresco
- ½ taza de aceite vegetal
- 2 huevos cocidos
- 4 aceitunas redondas
- 1 kg de papa amarilla (o blanca)
- lechuga
- sal
- leche, al gusto (opcional)

PREPARACIÓN

1. Sacar venas y pepas del ají, lavarlos bien frotando unos contra otros.
2. Calentar un poco de aceite en una sartén y saltear allí los ajíes cortados junto con los ajos enteros.
3. Poner en la licuadora esta preparación y agregarle el queso y el aceite. Batir hasta que quede una crema. Si queda muy espesa, se puede agregar un poco de leche hasta obtener la consistencia deseada.
4. Servir sobre papas cocidas y cortadas en mitades.
5. Decorar con huevos cocidos en rodajas, aceitunas y hojas de lechuga.

LA REINA DE LAS PAPITAS

Fresia Libertad Valdivia Gálvez

En el país de las papas, Perú, mi querida Hilaria de 18 años —quien era la persona encargada de cocinar en casa— y yo, que en ese momento tenía 5 años de edad, nos impusimos la difícil misión de elegir a la reina de las papitas. Estas tenían que estar sin cáscara, desnudas y cocidas, *ihum, hum!*

Para la causa rellena, teníamos la familia de las papas amarillas y elegimos por unanimidad la papita redonda y pequeña que parecía ser una yema de huevo, la «coronábamos» con sal o un poquito de mantequilla, *ihum, hum!*, e iba a reinar en nuestro estómago. Era tan fascinante el asunto del reinado que le pregunté a papá: «¿Cuánto tiempo viven las reinas?», y él me respondió: «Hasta que mueren». Y deduje que, al desaparecer en la cueva de la boca, la reina moría, así que nos preparábamos para la siguiente elección al trono.

Hilaria siempre me avisaba cuando llegaban las candidatas, así que otro día me presentó a las papitas Huayro, que eran alargadas, pequeñas y con tonos morados por zonas, *ihum, hum!*; parecían haber tenido algunos accidentes en el trayecto. ¡Ah!, también tenían unos puntos por aquí y otros por allá, a los que Hilaria les llamaba «ojos». Elegimos la más alargada de todas, con tres «ojos» y muy morada y partida a la mitad. Con su pizca de aceite, se fue a ejercer su reinado al fondo de la cueva.

El concurso se ponía cada vez más estricto, las finalistas eran la famosa causa rellena y la tradicional papa a la huancaína. El evento creció a «delicias con papas peruanas» y tuvimos que descartar a muchas excelentes candidatas, como la papa rellena y la *ocopa*, entre otras.

La causa rellena es papa prensada con sal, limón, ají amarillo y aceite. Puede ser muy elegante cuando se usa perejil cortado encima y se le acompaña con una rodaja de huevo duro. ¡Ah!, pero si está rellena de atún con cebollita picada o pollo deshilachado, es un manjar de los dioses.

La papa a la huancaína va en mitades y se baña con una crema sabrosa que lleva aceite, sal, ají amarillo, leche evaporada y galletas de soda; y un ingrediente de lujo, queso fresco. Usa una falda de hojas de lechuga, se decora con aceituna de botija, extraordinariamente jugosa, y se acompaña también con rodajas de huevito sancochado.

Finalmente coronamos a la papa a la huancaína por la textura de su crema, su punto discreto de ají y las papas peruanas que se casaron con los ingredientes perfectos para hacer una receta inmortal.

YOLOXÓCHITL VIDAL GUZMÁN

Oaxaca, México

RECETA DE TAMALES DE MOLE DE EPAZOTE

INGREDIENTES

- jitomate
- miltomate
- tomate de riñón
- chile costeño
- chile guajillo
- hojas de plátano
- 1 cabeza de ajo
- epazote
- cebolla
- masa para tamal
- vinagre
- comino
- caldo de pollo
- pollo desmenuzado
- sal, al gusto

PREPARACIÓN DEL MOLE DE EPAZOTE

1. Desvenar el chile y apartar la semilla,
2. Hervir el jitomate, el miltomate y el chile por separado.
3. Cuando el chile esté cocido, se cuela y se le pone el vinagre. Se deja reposando.
4. Se tuesta la semilla del chile.
5. Se muele el chile junto con la cebolla, los ajos, el comino y la semilla de chile.
6. En una cazuela o cacerola grande, se vierte esta mezcla y se deja hervir.
7. Se muele el jitomate y el miltomate. Se mezclan con el chile.
8. Se vierte el epazote y se deja hervir por media hora.

PREPARACIÓN DE LOS TAMALES

1. Una vez que la masa para tamal esté lista, se cortan las hojas de plátano procurando que tengan el mismo tamaño.
2. Se pone una cucharada grande de masa, se expande y se le pone el pollo y una cucharada de mole.
3. Se envuelve con cuidado y se pone es una olla para tamales.
4. Cocer los tamales al vapor por hora y media.
5. Servir los tamales y acompañarlos con limón.

DOÑA CASI

Yoloxóchitl Vidal Guzmán

Cómo me hubiera gustado conocer a doña Casi, mi abuela, quien me cuidó los primeros tres años de vida! Lamentablemente, no la recuerdo. Todos dicen que me parezco a ella, que cuando trenzo mi cabello es como volverla a ver y que cuando me enojo es como si la invocara.

Solo poseo dos fotografías de ella, las cuales no reflejan su valentía, audacia, cariño, amor, y sobre todo su sazón. Las historias que mi mamá me cuenta mientras cocinamos me han ayudado a crear una imagen vaga de doña Casi. Sé que no conoció a su madre, que se crio lejos de su familia. Sé de sus trágicos amores, sus pérdidas, sus cambios inesperados de humor y de cómo sus manos creaban mágicos platillos. Sé que doña Casi era famosa en la región por su fuerte carácter, por sus peleas, ya sea defendiendo a su sobrino favorito o porque la vecina habló mal de ella, y que para defender su honor rompió la puerta principal de la casa para que supieran que nadie podía doblegarla. Familiares y amigos me han contado que la recuerdan por su entrega al bailar la chilena, pero sobre todo por su innata capacidad de convertir simples ingredientes en platillos únicos.

Y es que mi abuela cocinaba muy rico, pero no tengo memoria de haber probado alguno de sus platillos. No tengo memoria de ella. En mi afán de conocerla y descubrir más de su vida, mi mamá y yo tratamos de recrear la receta de sus famosos tamales de salsa de epazote envueltos en hojas de plátano. Mi mamá tiene la receta, pero como mi abuela era una mujer llena de secretos, nunca reveló a ciencia cierta los ingredientes o el método exacto de preparación. Cuenta mi mamá que cuando le preguntaban cuál era el secreto para que los tamales supieran tan ricos, ella contestaba: «No me lavo las manos después de ir al baño», o «Pues me paso las hojas por el sobaco».

Cuando vamos al mercado para comprar los ingredientes para esta receta, mi mamá me empieza a contar alguna nueva historia de doña Casi, lo cual me hace sentir que por un momento la observo desde lejos.

«El chile costeño debe brillar de una manera especial,» explica mi mamá, «creo que de la misma manera como aquella ocasión en que tu abuela brillaba de orgullo cuando recité una poesía ante todo el pueblo y recordé cada una de las palabras».

Cuando desvenamos los chiles y se empieza a sentir el ardor en las manos, mi mamá me suele decir: «Tú abuela siempre te defendió. Cuando hacías berrinche y tu papá y yo tratábamos en vano de regañarte, éramos nosotros los que salíamos regañados por tu abuela. Decía que no podía verte llorar porque era como si la enchilaran». Cuando me cuenta esto mi mamá, me imagino lo que hubiera hecho mi abuela cuando un compañero en la escuela me dio una tremenda patada que me hizo llorar por horas. ¿Acaso hubiera cumplido la promesa de sahumar con chile a la persona que me tocara un cabello? Nunca lo sabré, pero me da risa imaginarlo.

Al comenzar a tostar el chile, mi mamá me dice que la semilla no debe de estar quemada y me recuerda cómo mi abuela era el blanco de burlas por el color de su piel. Y cómo tuvo que construirse una coraza para que esas burlas no la lastimaran.

Cuando agregamos el epazote, lo que le da el sabor particular al mole, mi madre me cuenta que a pesar de todas las carencias que tuvo a lo largo de su vida, mi abuela tuvo una vida llena de sabor. Le gustaba bailar y lo hacía muy bien. Se aventuró a ir a la ciudad de México y, usando los cancioneros, aprendió a escribir su nombre. Al servir los tamales, mi madre siempre piensa en mi abuela y reflexiona sobre su vida. Creo que piensa qué tan diferente ha sido su vida en comparación a la de mi abuela. Prueba los tamales y dice: «No saben como los de mi mamá, espero algún día poder tener su sazón». Al igual que ella, anhelo tener la sazón de mi abuela, no solo para deleitar a familiares y a amigos, sino para poder comprender tantos misterios, como cuando antes de morir mi abuela me pegó con un cinturón, algo que nunca había hecho.

Esta receta me hace sentir parte de un linaje de mujeres fuertes y admirables que me han heredado la capacidad de crear y sazonar mi vida de la manera que me parezca conveniente, pero sobre todo me ha ayudado a crear memorias de ella. Siempre que cocinamos, mi mamá y yo escuchamos las canciones que le gustaban a mi abuela. Cantamos, lloramos y comemos. Espero poder seguir perfeccionando esta receta para poder estar más cerca de ellas. Y mientras sigamos preparando los tamales de epazote de doña Casi, estará de cierta forma con nosotros.

MARCOS WANLESS

Ciudad de México, México

RECETA DE POZOLE ROJO

Nada más mexicano que el pozole, platillo tradicional que se viene preparando desde la época prehispánica.

INGREDIENTES

- 30 gr de ramitas de cilantro
- 30 gr de epazote
- 2 kg de carne de *xoloitskuintli* (se puede sustituir por carne de cerdo o la de su preferencia)
- 10 tazas de agua
- 1 cebolla cortada en 4 pedazos
- ½ taza de cebolla picada
- 20 dientes de ajo
- 1 cucharadita de orégano seco
- 5 bolitas de pimienta
- 60 gr de chile guajillo limpio, asado e hidratado en agua
- 50 gr de chiles anchos, limpios, asados e hidratados
- 1 clavo de olor
- 2 cucharadas de aceite
- 1.2 kg de granos de maíz pozolero, enjuagados y escurridos

- sal, al gusto

PREPARACIÓN

1. Se amarra el cilantro y el epazote con un cordón de algodón.
2. En una olla grande, se hierve el agua y se coloca la carne. Se deja cocinando a fuego bajo.
3. Se añaden las hierbas, 20 ajos, los cuartos de cebolla, el orégano, la pimienta y la sal hasta que la carne esté bien blandita.
4. Muchas horas después (como todo en la cocina mexicana, lleva su tiempo), se cuela la carne y se regresa el caldo a una olla. Se tiran el epazote y el cilantro.
5. Se sacan la cebolla y los ajos y se licúan junto con 1 ½ tazas de caldo.
6. Se agrega el puré al caldo ya obtenido.
7. Se deshebra la carne y se reserva.
8. Se hace un puré de chiles con la misma agua con que se les hidrató.
9. En una sartén, se calienta el aceite a fuego medio, se agrega el puré de chiles y se deja freír durante 5 minutos.
10. Se agrega esta mezcla al caldo ya preparado y se agregan los granos de maíz. Se deja cocinar todo junto por una hora más.
11. Para servir, se agrega la carne deshebrada al caldo y se coloca en platos pozoleros.

POTSOLATI TEMIKTLI (POZOLE VENENOSO)

Marcos Wanless

Ma tiyoque timiquini
Ti macehualin nahui, nahui, in timochi toniyazque
Timochi tonmiquizque in tlatipac (Ohuaya Ohuaya)

De modo igual somos mortales
Los hombres cuatro a cuatro, todos nos iremos
Todos moriremos en la tierra

Poema náhuatl, *Manuscrito de Texcoco*, 1582

—¡Apúrense que ya llega el general! ¿Pozole verde? ¿Pozole rojo? ¡Siempre se equivocan! La próxima vez las corto en pedazos yo misma y las llevo en caldo al emperador Ueytlajtoani Moctezuma Xocoyotzin. ¡Eso me pasa por agarrar jovencillas que apenas están para ser educadas! *¡Ichpokatl!* Pero lo hago... —se dijo a sí misma la gran señora, con una sonrisa atenuada reveladora de carácter y temple—. Lo hago para darle placer a mi señor.

Era Istasiuatl, la *okichuack* del general jaguar, gran *yaoselotl*, comandante de la casa *oselokali* e imagen viva del Popocatépetl, el guerrero blanco, el gigante que protege al emperador, a Tenochtitlán y a su inseparable mujer Istasiuatl, los dos preferidos de Moctezuma que esa noche se ocultaba tras las paredes del palacio real en llanto y angustia.

Ma ya nichoca, / ¡Sea que yo llore,
Ma ya nicuica / sea que yo cante,
In ixomolco / en un rincón
In claitec / dentro de su casa
Ninonemitia / pasé yo la vida!

El *potsolati* que preparaban ese día las doncellas *ichpokatl* de Istasiuatl, para ser degustado por la noche en la merienda ceremonial, se elaboraba con precisión propia de laboratorio chamánico, conservando temperaturas con máxima exactitud y cantidades precisas, ni una yerba de más ni un grano de menos: *epasotl* (epazote), *sakalikpatli* (cilantro), *xonakatl* (cebolla), *kaxtilchili* (pimienta). Necesitaron tres cargadores para llevar a cuestas, del mercado al Palacio Jaguar, las canastas repletas con legumbres, chiles, frutos y semillas para comenzar de nuevo a preparar el caldo rojo y no verde que ya se había preparado, porque las *ichpokatl* confundieron el día y la ceremonia marcados por el calendario azteca. Todo el producto era sembrado y cosechado en barcazas flotantes sobre el lago de Teskokok, especialmente para la casa *oselokali*, usando estiércol mezclado ceremoniosamente con heces fecales desechadas por los habitantes del Palacio Jaguar, vida que termina en muerte, muerte que da vida, veneración permanente a la madre tierra, *nantli* Koatlikue.

En días ceremoniales, se servía *potsolati* con la receta de Istasiuatl con caldo color rojo-negro, igual al de la sangre humana derramada en sacrificio para los dioses, igual al de la sangre encharcada en el campo de batalla, sangre color rojo-negro como la que sale del sexo de los amantes que se entregan sin tabúes, sin restricciones, alcanzando fácilmente el clímax total. Para el *potsolati* rojo, la receta de la *okichuack* del general jaguar incluía carne de perro *itskuinakatl*, que se mezclaba con carne humana para conservar textura y sabor. Esto era necesario, pues la carne humana tiende a ser insípida y difícil de sazonar.

Al general jaguar le gustaba comerse a sus enemigos, a diferencia del emperador Moctezuma que solicitaba carne joven de hombres y mujeres vírgenes. Se los llevaban a la corte para conocerlos en persona y después los dejaba por unos días rondando sin restricciones dentro del palacio real.

—*¡Aauiani ameuan!* ¡Alégrense ustedes!, que en poco tiempo serán uno con el *tlajtoani* y con los dioses.

Al general jaguar, más pragmático que su *tenkutli* Moctezuma, le gustaba comerse (después de ser sacrificados) a guerreros enemigos, caciques rebeldes y políticos traidores que se habían mal atravesado en su camino.

Al ingresar al patio central del *oselokali*, el general y sus guerreros fueron recibidos por Istasiuatl, sus doncellas, los sirvientes y doscientos sesenta esclavos, el mismo número que los días del calendario azteca *tonalpohualli*.

—La merienda está lista, mi señor —indicó con dulce cortesía la señora a su amado esposo.

—¡Vengan jaguares a comer *potsolati* rojo, preparado con esmero y amor por Istasiuatl! —ordenó el comandante a las huestes jaguar, y en voz baja le preguntó a su mujer—. ¿Trajeron al blanco?

Ella le respondió con una sonrisa dulce y diabólica.

—Sí, está listo para que lo sacrifiques en el templo menor. Solo nosotros sabemos que está ahí, como ordenaste. Lo trajo mi escolta de madrugada. Moctezuma nada sospechará, dejamos rastros incriminando a los de *Teskokok*.

El general tomó la mano de Istasiuatl y se fueron hacia el pequeño templo al fondo del patio principal.

Llegada la noche, el gran jaguar levantó el cazo con el *potsolati* y en voz alta, llena de compasión, ausente de odio y dolor, dijo a todos: «A este lo devoro después de haber terminado con mis manos su venenosa existencia».

Sus guerreros le observaban como a un dios. Desde una esquina del recinto ceremonial, Istasiuatl lo veía con embelesamiento. Ella misma parecía diosa bajada del cielo. Flanqueándole como objetos de adoración, estaban sus doncellas *ichpokatl*, vistiendo atuendos de manta blanca decorados con jade y pieles de jaguar, elaborados con finísimo henequén bordado por manos y herramientas desconocidas en la península maya. Las doncellas olían a *xochikopali* de flores, bellísimas hijas de la nobleza azteca. Esa noche, comandadas por su ama, serían ellas mismas el segundo festín (ahora de carne viva) que degustarían el general jaguar y sus huestes.

Los *yaoselotl* se levantaron alrededor del general al verle alzar el cazo con el caldo humano.

—¡Oh, Teskatlilpoka, te ofrezco el espíritu y cuerpo del enemigo! ¡*Teaasistli*, victoria plena! ¡*Astekatl*, derrota absoluta!

—¡*Teaasistli*! ¡*Teaasistli*! ¡*Teaasistli*!

Las huestes de oficiales jaguar laureaban al *oselokali* al tiempo que daba el trago sagrado sin derramar una sola gota del líquido rojo-negro. El general bajó el recipiente para mostrarse a todos: dientes fieros, labios carnosos, bigote y mentón completamente cubiertos de color sangre.

La imagen de victoria excitaba a Istasiuatl poderosamente, la mujer permanecía en la esquina del recinto frente a sus doncellas, semidesnuda, cubierta tenuemente por una capa real encajada con finísimas tiras de jade y de oro. La hija simbólica de la Chalchiuhtlicue y sacerdotisa secreta del clan jaguar estaba lista y deseosa para iniciar el segundo tiempo de la celebración al comando de su esposo. Llegaba el momento del festín vivo luego del banquete muerto, tan repleto de humanidad el primero como el segundo.

La mujer del general primero estaría con los cinco comandantes jaguares de mayor rango, saciándolos uno a uno y luego todos a la vez hasta dejarlos completamente vacíos de su elixir fértil. Terminado esto, se iría con su *namiktli*, el gran jaguar, quien limpiaría amorosamente su cuerpo cubierto de fluidos emanados de ella y los comandantes jaguar, sexo con sangre, salsa de bacanal, lamiéndola como felino, husmeando con gran curiosidad las mezclas de la energía vital derramada por sus guerreros en su hembra, fluidos combinados, símbolos de pasión y fertilidad infinita. Luego de bañarla como gato, la curaría usando láminas delgadas de *nopaltsin* y baba sagrada que revitalizan la piel y alivian heridas internas y externas, al tiempo que la untaría de ungüento. El general ronronearía pequeños poemas de amor compuestos por él solo para ella que nadie más escucharía; finalmente la adornaría delicadamente con esencias de orquídea, amapola y nochebuena. Ya preparada por él mismo, la haría suya con la ayuda de las *ichpokatl*, que cargarían a Istasiuatl ofreciéndosela a su esposo suspendida en manos, brazos, pies y piernas, levantando y flexionando a la mujer en contorsiones inexplicables. Con cada gestión, la dejarían abierta y expuesta al instinto del general jaguar que inundaría uno por uno todos los rincones del cuerpo de su mujer. Así por horas la amaría completamente excitando y extasiando a Istasiuatl hasta el delirio.

Con amor y atención, los guerreros observarían la ceremonia, tradición de compartir comida y ofrenda sexual a los invitados-visitantes, cultura y costumbres en sintonía con el dios creador del universo, Teoyokoyani; con el dios señor de la tierra, Tlaltekutli; con el dios del sol, Tonatiuteotl, y con el alimento de dios, *teotlakuali*. Comida para saciar el apetito y sexo *auilnelistli* para colmar el deseo.

El general llamó a Istasiuatl, quien recogió el cazo ceremonial para compartirlo con los oficiales que probarían en turnos el indescriptible sabor del *potsolati* humano.

—¡Cómanlo todo! —comandó en voz elevada el jefe jaguar— y luego que sus tripas le hayan arrancado a la carne del enemigo hasta la última esencia de valor, ¡expulsen sus restos en forma de caca *kuitlatl*! ¡Que finalmente el demonio blanco sirva para algo bueno, que sea estiércol para la tierra que ha profanado!

El salón se inundó de carcajadas al tiempo que hombres y mujeres devoraban el caldo sagrado.

Pero esa noche no habría ofrenda sexual, el enemigo estaba próximo.

—¡General! Hemos divisado trescientos cincuenta apestosos blancos, vienen escoltados por veinte mil huestes tlaxcaltecas y otros cinco mil toltecas les cubren el flanco oriente.

El oficial jaguar pausó esperando preguntas, pero solo hubo silencio.

—¡Gran *yaoselotl*! Los guerreros águila se niegan a desobedecer las órdenes de Moctezuma y no marcharán con nosotros para enfrentar al enemigo.

La sentencia estaba dada. El gran jaguar veía con amor a su Istasiuatl, prolongaba el momento, pues sabía que sería así por última vez.

—¿Cuántos somos? —preguntó rompiendo el sepulcral silencio.

—Somos quinientos efectivos, gran jaguar, los demás han desertado o se niegan a pelear contra el que nombran la imagen de Quetzalcóatl.

El general se dirigió a sus oficiales y dio la orden de marchar. La imagen de Popocatépetl tomó la mano de Istasiuatl y le prometió cuidarla para siempre. Ella lo siguió a su destino.

A lo lejos se divisaba la columna de soldados ondeando los colores de la Armada Real Española. Venían a conquistar y destruir a los aztecas y a todas las naciones del continente por oro y vasallos. A caballo, el general Hernán Cortés vio en el horizonte las luces de Tenochtitlan sintiendo tremendo escalofrío por todo el cuerpo; con doscientos cincuenta mil habitantes, la capital azteca era la ciudad más grande del mundo, más grande que París, Madrid, Londres o Roma. Ahora su vida y la de sus soldados dependían de dos cosas: de la palabra de los caciques a quienes convenció a rebelarse contra los aztecas y del fanatismo religioso del emperador Moctezuma, que había decidido no luchar contra los que suponía enviados de la serpiente emplumada.

Atrás, a pie, venía doña Marina, *la Malinche*. Traía, guardados, una botella de veneno y la receta del *potsolati* de Istasiuatl. En su momento lo cocinaría para ella misma, despidiéndose así con sabor y añoranza de su mundo perdido y apartándose para siempre del infierno de vivir con Cortés y los apestosos blancos.

Al día siguiente, se iniciaría la caída de la gran Tenochtitlán, confirmando así la llegada del final del imperio azteca y anunciando el principio de la muerte del universo precolombino.

AGRADECIMIENTOS

Existe un proverbio que dice: «Si caminas solo, llegarás más rápido, pero si caminas acompañado, llegarás más lejos». Seattle Escribe ha dado pequeños pasos, pero muy consistentes, para llegar a esta tercera antología literaria que se ha convertido ya en una tradición. Tras cinco años de promover la literatura en español en el estado de Washington, consideramos que hemos llegado lejos. Esta consistencia en nuestro andar es el resultado del trabajo en equipo de muchos colaboradores, todos voluntarios cuya única retribución es saber que están apoyando el avance de la escritura en español dentro de nuestra comunidad.

Tenemos muchas personas e instituciones a las cuales agradecer por haber hecho posible esta publicación.

Primero que nada, queremos dar nuestro más profundo agradecimiento a los escritores participantes de esta antología. Gracias a su entusiasmo podemos compartir un cachito de los recuerdos y añoranzas que se esconden tras de la nostalgia de tan deliciosas recetas.

Este certamen literario no hubiera sido posible sin la generosidad de nuestro jurado, compuesto por el Dr. Guillermo Sheridan y la Dra. Josefa Báez-Ramos. Gracias a su criterio imparcial y su ojo clínico, hemos podido determinar no solo a los ganadores del certamen literario sino a su vez seleccionar los textos publicados en este libro.

Como cada año, contamos con el apoyo de la escritora María de Lourdes Victoria y la Dra. Rita Wirkala, ambas profesoras muy queridas de Seattle Escribe. Un especial agradecimiento a Rita, pues además fungió como editora de esta publicación.

Queremos agradecer la colaboración de la talentosa pintora Blanca Santander, quien nos ayudó generosamente con la bellísima ilustración que engalana la portada de este libro.

Agradecemos también la valiosa colaboración de las siguientes instituciones, sin cuyas contribuciones no hubiéramos podido llevar a cabo los eventos relacionados con este proyecto: Consulado de México en Seattle, El Rey 1360 AM, Hugo House, King County Library System, The Seattle Public Library, UNAM–Seattle y Univisión Seattle.

Un agradecimiento especial a los miembros de la mesa directiva 2019, cuyas largas horas de trabajo y deliberaciones llevaron este proyecto a buen puerto: José Luis Montero, presidente; Dalia Maxum, vicepresidente; Ivan F. Gonzalez, secretario; Julio César Torres, tesorero; Baudelio Llamas, director de medios; Víctor Fuentes, director de eventos sociales y generoso mecenas cuya donación de la pintura de su autoría contribuyó al financiamiento de este libro; María Guadalupe Zamora, directora de eventos culturales, y Bárbara Rodríguez, directora de educación. Un especial agradecimiento a Dalia, Ivan Fernando y José Luis, quienes integraron el comité editorial a cargo de la publicación de esta antología.

Agradecemos también a todos nuestros profesores, quienes con su generosidad han enriquecido los talleres que Seattle Escribe ofrece cada año. Asimismo, queremos agradecer la participación de todos nuestros miembros, quienes a lo largo de los años han apoyado esta incansable labor.

Por último, agradecemos a nuestros estimados lectores, pues sin su apoyo al comprar y leer este libro, los textos que están ahora entre sus manos no tendrían una audiencia con quién entablar un diálogo.

La continuidad de este proyecto enriquece no solo a nuestra comunidad sino a las futuras generaciones que continuarán dibujando el rostro de los escritores hispanohablantes en el estado de Washington a través de estas antologías. Sabemos que todavía nos falta mucho camino por recorrer, pero también tenemos la certeza de que juntos, con nuestro esfuerzo, lograremos llegar aún más lejos.

ACERCA DEL JURADO

E l jurado del tercer concurso literario Seattle Escribe 2019 fue integrado por la Dra. Josefa Báez Ramos y el Dr. Guillermo Sheridan.

Josefa Báez Ramos es doctora en Filología Hispánica por la Universidad de Salamanca, España, y catedrática de Literatura y Lengua española. Es autora de libros y artículos relacionados con la literatura del exilio español de 1939, temas de crítica literaria y métodos de enseñanza del español. En el año 2004, el Ministerio de Educación español la nombró Asesora Técnica Docente para los estados de Washington y Oregón a través de la Embajada de España en los Estados Unidos. Desde el año 2009, es profesora de Español en los niveles de educación secundaria y universidad.

Guillermo Sheridan es un destacado académico, escritor y periodista. Estudió el Doctorado en Letras Modernas y Mexicanas en la FFyL de la UNAM y realizó estudios de posgrado en la Universidad de Norwich, Inglaterra. Ha sido profesor en la UIA, la UNAM y El Colegio de México; investigador titular del Centro de Estudios

Literarios del IIFL de la UNAM; investigador visitante en el Thomas
Reid Institute de la Universidad de Aberdeen, Escocia, y desde el 2013,
miembro de la Academia Mexicana de la Lengua. Ha publicado una
veintena de libros sobre la historia de la cultura mexicana moderna, en
especial sobre su poesía, y colabora regularmente en la revista *Letras
Libres* y el diario *El Universal*. Recibió en 1989 el Premio Xavier
Villaurrutia de escritores para escritores, en 2011 el Premio de
Periodismo Cultural Fernando Benítez de la Feria del Libro de
Guadalajara, y en 2019 el Premio Jorge Ibargüengoitia de Literatura,
otorgado por la Universidad Autónoma de Guanajuato. Actualmente es
académico visitante en el Centro de Estudios Mexicanos de la
UNAM–Seattle y en el departamento de español y portugués de la
Universidad de Washington.

ACERCA DE LA ILUSTRADORA

Blanca Santander

Desde mis más remotos recuerdos, un papel, un lápiz y la necesidad de expresar mis observaciones, sentimientos o vivencias, han sido parte fundamental en mi vida.

El arte, y específicamente el pintar, es una forma de meditación que pone el balance en mis días.

Mi obra fuertemente espiritual, colorida y figurativa, la divido en series que se van desarrollando a partir de una idea o concepto, produciendo un cuerpo consistente, convirtiéndose la mayoría de las veces en pequeñas historias que relato a través de mis lienzos.

Pinto sobre madera, lienzo y papel, generalmente en acrílico. Cuando ilustro, lo hago de forma clásica, con acuarela y papel. Cuando hago grabado, dependiendo de la técnica, en madera, metal, tela, etc.

La fotografía, otra de mis grandes pasiones, es un medio que utilizo y en donde la luz, los colores, las texturas, las sombras, los contrastes, la madre naturaleza y el ser humano son los grandes estímulos que me cautivan, me relajan y a la vez me ponen en alerta. La fotografía me habla de una realidad más allá de la mía, una realidad colectiva: estamos todos conectados, el círculo de la vida.

En estos últimos años, he tenido la oportunidad tanto de crear arte en mi taller como crear arte público, donde las predisposiciones son un reto y la aceptación, inmediata o no, es otro desafío más al que el artista debe enfrentarse.

Realmente disfruto cuando mi arte se conecta, cuando mi mensaje surge de nuestra consciencia colectiva. Mi amor por celebrar a la familia, la comunidad, mi herencia hispana, el amor a la madre tierra y mi fe en la humanidad son mis grandes motivadores.

Me inspiran muchos artistas como Marc Chagall y su celebración a la vida, Amedeo Modigliani por su sensualidad y otros no solo por su arte, sino también por cómo vivieron y viven sus vidas como artistas. Mi obra está también influenciada por el equilibrio de las cosas, la belleza y la sensualidad.

ACERCA DE LA EDITORA

Rita Wirkala

A cadémica y escritora, es autora de novelas, poesía, ensayos académicos sobre literatura española, reseñas literarias y libros de texto. Entre sus libros destacan *El encuentro*, *Las aguas del Kalahari* y *Los huesitos de mamá y otros relatos*, entre otros. Es también traductora de cuentos para niños y fundadora de la editorial *All Billingual Press*. Posee un doctorado en literatura española y fue profesora por más de 20 años en la Universidad de Washington. Actualmente, además de dedicarse al quehacer literario, imparte talleres de escritura para Seattle Escribe y la biblioteca pública de Seattle.

ACERCA DE SEATTLE ESCRIBE

Seattle Escribe es el grupo más grande de escritores hispanohablantes en el noroeste de los Estados Unidos de América. Nuestra misión principal es promover la literatura en español a través de talleres de escritura gratuitos, eventos culturales y oportunidades para difundir las obras de nuestros miembros.

Cada año, Seattle Escribe organiza un concurso literario que tiene como resultado esta antología impresa. Además de esta publicación, nuestros miembros tienen acceso a difundir su obra a través de nuestra revista literaria en línea, así como nuestro programa de radio semanal, auspiciado por El Rey 1360 y la UNAM–Seattle, cuyos episodios están disponibles a través de nuestro pódcast.

Para conocer más acerca de nuestros talleres y actividades, pueden encontrar más información en nuestras redes sociales, así como en nuestro sitio web www.seattleescribe.org.

OTRAS ANTOLOGÍAS DE SEATTLE ESCRIBE

Puentes: antología de ganadores del primer certamen literario en español Seattle Escribe 2017

El juego de la lotería: segunda antología de Seattle Escribe 2018

Made in the
USA
Columbia, SC